LA PLATEFORMISATION DE LA CONSOMMATION

PHILIPPE MOATI

LA PLATEFORMISATION DE LA CONSOMMATION

PEUT-ON ENCORE CONTRER L'ASCENSION D'AMAZON ?

le débat

Gallimard

INTRODUCTION

Le point de départ de cet ouvrage tient dans la conviction que les marchés de consommation sont engagés dans une mutation profonde. Déjà en 2011, dans *La Nouvelle Révolution commerciale*[1], je m'étais efforcé de mettre en avant les facteurs à l'origine de cette mutation et d'esquisser les contours des nouvelles architectures de marché susceptibles de succéder à celles qui se sont mises en place durant les Trente Glorieuses. Depuis, le processus de transformation s'est manifestement accéléré. Les signes de l'épuisement du modèle précédent se sont intensifiés. Les hypermarchés continuent de perdre du terrain dans le non-alimentaire et les ventes dans l'alimentaire plafonnent en valeur depuis le milieu des années 2010. Autres figures emblématiques de la précédente révolution commerciale, les centres commerciaux sont installés depuis plus de dix ans dans une trajectoire de contraction de leur fréquentation. La liste des grandes enseignes en difficulté, qui ont disparu ou dû réduire la voilure, s'allonge chaque année et

1. Philippe Moati, *La Nouvelle Révolution commerciale*, Paris, Odile Jacob, 2011.

touche tant l'habillement (Camaïeu, Jules, C&A, André, La Halle…) que la maison (Conforama, Alinéa, Castorama…) ou les jouets (La Grande Récré, Toys'R'Us…). Outre-Atlantique, le processus a pris une telle ampleur qu'il a conduit à l'émergence d'expressions pour le décrire telles que *retail apocalypse* et *dead malls*. Parallèlement, le e-commerce poursuit son mouvement de conquête, qui s'étend désormais à l'alimentaire. Les leaders mondiaux de ce secteur, en particulier Amazon et Alibaba, ont connu une croissance fulgurante, qui ne montre pas de signe d'essoufflement. Les années récentes ont témoigné du fait que leurs ambitions ne se limitent pas au commerce en ligne. En ouvrant des points de vente physiques, ils deviennent à leur tour « multicanal » et révèlent une volonté d'emprise sur les marchés de consommation qui dépasse le seul e-commerce. Sans héritage à assumer et porteurs d'un ADN numérique, ils abordent le commerce physique de manière rupturiste, exploitant le potentiel des nouvelles technologies pour réinventer la fameuse « expérience client ». Du coup, les acteurs traditionnels de la distribution accélèrent leur marche vers la digitalisation. Le terme de « phygital » s'est imposé au sein du microcosme, soulignant la nécessité de combiner les atouts des deux univers – physique et numérique – pour mieux se réinventer. Cette révolution, enfin, s'inscrit dans un contexte de crise environnementale qui favorise la diffusion des comportements de consommation responsables, fait monter la critique de l'hyperconsommation et incite enseignes et marques à s'engager pour le bien commun.

Cet ouvrage entend décrire et analyser une partie de la réalité émergente en se concentrant sur un de ses aspects qui avait sans doute été le moins anticipé tant par les acteurs que par les observateurs (moi y compris) : le mouvement de plateformisation des marchés de consommation. Pour certains analystes, la plateformisation est un mouvement plus large, une nouvelle forme d'organisation des activités économiques, si présente et structurante qu'elle constituerait l'un des principaux traits structurels du capitalisme contemporain. L'émergence de ce « capitalisme de plateforme » est indissociable du numérique comme technologie clé[1]. Le cœur des plateformes est une infrastructure numérique qui crée de la valeur en organisant les interactions entre différents types d'acteurs économiques. Michael Cusumano et ses collègues distinguent deux catégories de plateformes numériques[2]. Les plateformes d'innovation reposent sur un cœur technologique autour duquel des « complémenteurs » ou « sur-traitants » développent des innovations complémentaires[3]. Les systèmes d'exploitation pour ordinateur personnel ou smartphone en sont l'exemple le plus emblématique. Les plateformes de transaction mettent en relation des parties disposées à engager une transaction. Elles sont des facilitateurs de l'appariement entre les offres et les demandes (d'où le terme de *matchmakers* parfois utilisé pour les désigner[4]). C'est sur cette catégorie de plateformes que je concentrerai mon propos.

1. Nick Srnicek, *Capitalisme de plateforme. L'hégémonie de l'économie numérique*, Montréal, Lux Canada, 2018. Zoltan J. Acs, Abraham Song, Laszlo Szerb, David B. Audretsch, Eva Komlosi, « The Evolution of Global Digital Platform Economy : 1971-2021 », *Working Paper*, mars 2021 (en ligne).

2. Michael J. Cusumano, Annabelle Gawer, David B. Yoffie, *The Business of Platforms. Strategy in the Age of Digital Competition, Innovation and Power*, New York, Harper Business, 2019.

3. Nicolas Colin, Henri Verdier, *L'Âge de la multitude. Entreprendre et gouverner après la révolution numérique*, Malakoff, Armand Colin, 2012.

4. David S. Evans, Richard Schmalensee, *Matchmakers : The New Economics of Multisided Platforms*, Cambridge, Harvard Business Review Press, 2016.

Les plateformes de transaction sont des intermédiaires. En ce sens, leur existence est bien antérieure à l'arrivée du numérique. Un centre commercial est une plateforme : il organise le lieu physique de la rencontre entre des enseignes et des consommateurs. Dans une certaine mesure, on peut interpréter le modèle économique de l'hypermarché comme celui d'une plateforme qui met en relation des marques et des consommateurs. D'ailleurs, la rentabilité des enseignes se construit à partir des deux bords : « marges avant » côté consommateurs, « marges arrières » côté fournisseurs (qui sont aussi des clients auxquels les distributeurs vendent différents types de services). Clairement, l'irruption du numérique a changé la donne en offrant un formidable terrain de jeu aux plateformes. Leur essor et les positions de force qu'elles occupent dans différents secteurs de l'économie ont pu, un temps, être sous-estimés du fait notamment de la croyance selon laquelle la diffusion du numérique devait justement sonner le glas des intermédiaires, les nouvelles technologies faisant fondre les coûts de transaction en facilitant les relations directes entre les parties. S'il est vrai que les intermédiaires classiques – des journaux de petites annonces aux entreprises du commerce de gros, en passant par les agences matrimoniales – ont été profondément déstabilisés par les conséquences de la diffusion du numérique, cette désintermédiation s'est accompagnée d'un puissant mouvement de « ré-intermédiation » au profit des plateformes numériques. Au cœur de cette bascule : la donnée, la capacité à la capter, à la traiter pour en faire des connaissances, et à la valoriser.

Les plateformes sont présentes dans de nombreux champs de la consommation, qu'elles ont d'ailleurs généralement profondément déstabilisés : la mobilité (BlaBlaCar, Uber), le voyage (Booking, Airbnb), les loisirs audiovisuels (Netflix,

Youtube), les rencontres (Meetic, Tinder), les échanges de biens entre particuliers (eBay, Le Bon Coin), la prise de rendez-vous médicaux (Doctolib). Je m'intéresserai ici à la catégorie de plateformes la plus directement concurrente des commerçants et distributeurs : les places de marché, ou *marketplaces*. On prête généralement au Japonais Rakuten d'avoir été, en 1997, l'initiateur de ce business model sur les marchés de consommation. Mais c'est incontestablement Amazon qui en a révélé et exploité les potentialités, en inaugurant sa *marketplace* aux États-Unis en 2000, avant de l'implanter progressivement dans un nombre toujours plus grand de pays du monde.

Pour faire simple, une place de marché est un dispositif d'intermédiation qui met en relation des vendeurs avec des consommateurs. Cette définition, on l'a vu, pourrait s'appliquer aux entreprises du commerce et de la distribution. À une différence près : l'exploitant de la place de marché ne se porte pas acquéreur des produits qu'il propose aux consommateurs. Les places de marché reposent ainsi sur un modèle économique original qui, combiné aux potentialités du numérique, en fait un véritable instrument de conquête des marchés de consommation. La capacité disruptive des places de marché est d'autant plus forte que la spécificité de leur modèle économique conduit spontanément et rapidement à l'émergence de positions dominantes. Une poignée de leaders mondiaux ont émergé, qui chaque année creusent l'écart avec leurs challengers, avec en particulier les deux géants planétaires : Amazon et Alibaba. Leurs ambitions dépassent de beaucoup la maîtrise du e-commerce. Tous deux ont commencé de déployer des points de vente dans l'espace physique. La combinaison de leur maîtrise de technologies de pointe, situées au cœur du système technique dominant le capitalisme contemporain, et de leur puissance financière fait que leur influence est même en train de dépasser les limites du commerce pour aborder des domaines aussi divers que le *cloud computing* et l'intelligence artificielle, la domotique, les divertissements numériques, les systèmes de paiement, la santé, la mobilité, la gestion de la ville, voire la conquête de l'espace et… le marché des salons de coiffure[1] ! Le mouvement de plateformisation du commerce mené par ces leaders risque donc de n'être qu'une étape dans une dynamique d'envergure inédite.

Pas un Européen parmi ces leaders mondiaux, à l'image de la situation sur le numérique en général. Jusqu'à présent, les Européens ont réagi en tentant d'entraver l'hégémonie des GAFA[2] de manière défensive, par des rappels à l'ordre quant au respect des règles de la concurrence ou en leur mettant des bâtons réglementaires dans les roues. Mais on peine à déceler la mise en place d'une véritable politique industrielle, offensive, visant à faire émerger des leaders européens capables d'affronter les géants. Dans nombre de domaines, où la bataille a démarré il y a déjà plusieurs décennies, il s'agit sans doute d'une cause perdue. La messe n'est peut-être pas encore dite concernant les places de marché. Un sursaut d'envergure dans les meilleurs délais pourrait possiblement modifier le cours de l'histoire.

1. La synthèse des opérations de diversification d'Amazon réalisée par Patrick Randall révèle que le géant américain est présent dans une douzaine de domaines d'activité, parmi lesquels le e-commerce (Patrick Randall, « Amazon : un empire tentaculaire et insoupçonné », Les Numériques.com, 31 janvier 2021. En 2000, Jeff Bezos, le dirigeant-fondateur d'Amazon, crée Blue Origin dont le projet est, notamment, de coloniser la Lune… Et, en 2021, un salon de coiffure expérimental (Amazon Salon), à fort contenu numérique, a été ouvert à Londres.

2. Acronyme pour Google, Amazon, Facebook, et Apple, qui désigne les géants du numérique, dont la liste ne se limite pas à ces quatre-là.

Mais, dans l'univers du numérique plus encore qu'ailleurs, le temps est une arme concurrentielle et qui joue en faveur des leaders. Cet ouvrage vise à contribuer à la prise de conscience de la nécessité d'agir – et d'agir vite – afin d'éviter que la maîtrise des marchés de consommation et, plus généralement, de nombre d'aspects de nos modes de vie ne tombent entre les mains d'une poignée d'entreprises de taille mondiale d'origine étrangère. Il y a là une question de souveraineté. Il a été cocasse de voir, au début de l'année 2021, le ministre français de l'Économie mettre son véto à la prise de contrôle de Carrefour par son homologue canadien Couche-Tard sous prétexte qu'elle aurait constitué une menace pour la souveraineté alimentaire du pays alors qu'aucune initiative d'envergure n'a été à ce jour engagée pour tenter une contre-offensive face aux progressions d'Amazon.

Cet ouvrage vise à décortiquer en termes simples les rouages de l'économie des places de marché afin de faire saisir les raisons pour lesquelles, le succès appelant le succès, le retard peut être fatal. Il examine également des options stratégiques envisageables pour mener la contre-offensive.

PREMIÈRE PARTIE

LA REDOUTABLE EFFICACITÉ DES PLACES DE MARCHÉ

Les rouages du modèle économique

La spécificité sans doute la plus importante de l'économie des places de marché (et de la plupart des plateformes) est de s'adresser à un marché biface, ou à deux versants (voire plus), chaque versant générant des externalités positives pour l'autre (les fameux effets réseaux croisés), à l'origine de mécanismes cumulatifs faisant que le succès nourrit le succès.

Tentons de rendre ce jargon intelligible. Les deux versants d'une place de marché sont, comme on s'en doute, les marchands et les consommateurs. On comprend aisément que pour les consommateurs la *marketplace* sera d'autant plus attractive, utile, performante que le nombre de marchands est important. Réciproquement, l'intérêt que les marchands trouveront à s'implanter sur une place de marché est directement proportionnel au nombre de consommateurs qui la fréquentent. Ainsi, lorsqu'un des versants de la plateforme se développe, il crée un bénéfice – une externalité positive – pour l'autre versant. Du coup celui-ci tend à s'étendre et, se faisant, il accroît les bénéfices que tirent de leur présence les acteurs de l'autre versant, ce qui favorise l'arrivée de nouveaux entrants. Et ainsi de suite. Ce mécanisme cumulatif se trouve au cœur de l'économie des *marketplaces*, pour le pire comme pour le meilleur[1].

Pour le pire, parce que la viabilité d'une *marketplace* (et d'une plateforme en général) dépend de sa capacité à atteindre la masse critique d'usagers sur chacun des deux versants. Un nombre de vendeurs trop faible dissuade les consommateurs de fréquenter la *marketplace* – qui risquent de ne pas y trouver ce qu'ils sont venus y chercher –, surtout s'il existe d'autres plateformes mieux achalandées. Et la rareté des consommateurs dissuade les marchands de s'y implanter. L'enjeu majeur pour une *marketplace* naissante est donc de réussir à sortir de cette trappe, de transformer le cercle vicieux en cercle vertueux. Dans la courte histoire des plateformes numériques, on ne compte plus le nombre de celles qui se sont cassées les dents sur cet écueil.

Pour le meilleur, parce que, une fois franchi le seuil critique, le succès appelle le succès…

Pour espérer réussir à enclencher ce processus, la place

1. Notons que les plateformes numériques n'ont pas le monopole des marchés bifaces et des effets réseaux. Elles les partagent notamment avec les médias (les journaux, les chaînes de télévision privées, les radios…) et, dans le commerce, avec les centres commerciaux. En effet, le rôle des foncières est de faciliter la rencontre entre des enseignes (les « preneurs ») et les consommateurs. Et de fait, plus le centre comporte de commerces, plus il est susceptible d'attirer un nombre important de consommateurs (d'où la course aux agrandissements…), et inversement plus le centre est capable de drainer un public large, plus il attire les enseignes. Mais ce mécanisme atteint rapidement ses limites dans le monde physique : on imagine mal l'usage que feraient les consommateurs d'un centre commercial comportant des centaines de milliers de magasins ! Assurément, l'appariement entre les offres et les demandes deviendrait problématique et, au lieu de les réduire, de tels centres commerciaux conduiraient à l'augmentation des coûts de transaction pour les enseignes comme pour les consommateurs. Ces limites sont virtuellement absentes dans le cas des places de marché numériques.

de marché doit donc présenter aux consommateurs une proposition de valeur attractive/différenciée par rapport aux autres moyens à leur disposition pour acheter ce dont ils ont besoin. *A minima*, la *marketplace* se doit donc d'offrir une valeur ajoutée aux consommateurs par rapport à l'option consistant dans l'achat en direct sur les sites propres des différents marchands. La réunion d'offres sur un même site se doit de générer des « bénéfices d'intégration » : le bouquet offert par la plateforme doit produire plus de valeur pour les clients que celle résultant de la simple somme de ses composantes. Ces bénéfices d'intégration consistent à tout le moins dans le fait de disposer, sur un seul et même site, de l'offre de plusieurs marchands permettant aux consommateurs d'accéder à un choix plus large au sein d'une même catégorie de produits, ou bien d'être en mesure de couvrir simultanément plusieurs unités de besoin. Les consommateurs sont ainsi dispensés de passer d'un site à un autre. C'est l'argument du guichet unique. Reconnaissons-le : le bénéfice est modeste. Aux premières heures du e-commerce, ce qu'on appelait alors les « portails d'accès à Internet » (notamment les sites des fournisseurs d'accès) proposaient sur leur page d'accueil l'accès à une « galerie marchande » (Voilà, MSN Shopping, Yahoo ! Shopping…). Ces galeries marchandes ne consistaient, en réalité, que dans l'organisation, par catégories de produits ou de services, d'une série de liens vers les sites de e-marchands partenaires. Certaines pouvaient proposer des contenus rédactionnels (guides d'achat) ou comporter un programme de fidélité. Au total, ces galeries présentaient un faible niveau d'intégration des éléments de l'offre et une couche servicielle excessivement fine, ces galeries virtuelles ne pouvant se prévaloir, à l'instar de leurs équivalents du monde physique, de la source d'économies de coûts de transaction que constitue le rassemblement de commerces sur un même lieu dispensant de multiplier les déplacements. C'était sans doute trop peu et les galeries marchandes ont rapidement perdu le peu d'affluence qu'elles avaient à mesure que le concept même de portail perdait de sa pertinence. Aujourd'hui, la rubrique shopping de Yahoo ! se présente davantage comme un magazine. Seul Google a persisté dans la voie de la galerie marchande, tirant profit de l'énorme audience de son moteur de recherche et de sa capacité à mettre en avant une offre marchande en rapport avec la requête de l'utilisateur. L'influence de Google Shopping sur le e-commerce est cependant demeurée modeste jusqu'à ce que, récemment, Google se décide à basculer sur un modèle de place de marché. J'y reviendrai.

L'intérêt d'une place de marché pour les consommateurs s'accroît à mesure que s'étoffe la couche servicielle. Permettre aux clients de consolider des achats réalisés auprès de différents marchands dans un même « panier », donnant lieu à un paiement unique (éventuellement en plusieurs fois), de créer un compte client auprès de la *marketplace* permettant, outre de conserver l'historique des transactions et de centraliser les factures, de ne pas avoir à saisir les données individuelles à chaque achat auprès de marchands différents, d'enregistrer des moyens de paiement afin d'accélérer la dernière étape de la transaction (et, au final, d'offrir de réaliser des achats « en 1 click »[1]) sont autant d'éléments qui induisent une réduction des coûts de transaction pour les clients. La plateforme peut également rassurer les consommateurs face à la perspective d'acheter auprès d'un marchand inconnu en se portant garant de la

1. Dispositif breveté par Amazon, ayant de surcroît l'avantage de pousser à l'achat en rendant le paiement (presque) indolore...

bonne fin de la transaction. On sait qu'Amazon, dès le départ, a misé très gros sur la qualité de son service clients qui lui a permis de construire un capital de confiance. Offrir un service de livraison qui regroupe les achats réalisés auprès des différents marchands participe de la même logique en favorisant une baisse des coûts de livraison et en simplifiant les contraintes associées à la réception des colis pour les clients. Amazon et Cdiscount, qui avant de développer leurs *marketplaces* étaient des distributeurs exploitant leur outil logistique, ont naturellement pu proposer aux marchands de leur *marketplace* de gérer pour eux le stockage et l'expédition des produits, créant au passage une nouvelle source de revenus.

Le socle minimum de services à valeur ajoutée commerciale suscite donc une audience pour la *marketplace*, c'est-à-dire un afflux de clients potentiels. Cet afflux attire de nouveaux marchands. Les petits acteurs à faible notoriété sont particulièrement enclins à prendre place sur la *marketplace*, qui leur assure une meilleure visibilité et leur fait profiter de la confiance qu'aura su créer l'opérateur de la plateforme. Leur arrivée accroît l'étendue et/ou la profondeur de l'offre. Si elle parvient à amorcer ce mécanisme cumulatif, la *marketplace* peut développer son offre à un rythme que ne pourrait jamais atteindre un distributeur classique, contraint d'identifier des fournisseurs, de négocier les termes de leurs transactions et d'avancer les fonds nécessaires à l'achat des marchandises. Même si la *marketplace* peut édicter des conditions à l'implantation des marchands, l'entrée pour ces derniers est beaucoup plus facile et rapide que le référencement auprès d'un distributeur. Pour peu que la plateforme soit en mesure de proposer aux marchands de prendre en charge leur logistique, devenir marchand ne réclame que d'être en mesure de disposer d'un catalogue de produits à mettre en ligne selon les formats de la plateforme. Vertu majeure de ce business model pour les plateformes : la *marketplace* ne mobilise aucun capital circulant et ne prend aucun risque commercial puisqu'elle n'acquiert pas les droits de propriété sur les marchandises mises en vente et n'a pas même à gérer les stocks (ou, si elle le fait, c'est un service qu'elle vend aux marchands). Un produit qui ne se vend pas ne rapporte rien, certes, mais ne coûte rien non plus, alors qu'il contribue au sentiment d'abondance. L'obsession de vitesse de rotation des stocks, au cœur du modèle économique de la grande distribution, n'a plus lieu d'être. L'exploitant de la *marketplace* est donc susceptible de déployer son offre extrêmement rapidement, tant en étendue (diversification) qu'en profondeur[1]. On prête à la *marketplace* d'Amazon de compter quelque 8 millions de vendeurs dans le monde (mais dont « seulement » 2,9 millions auraient réalisé au moins une vente en 2019[2]). Et ce nombre est en croissance continue (+18 % en 2019). En y ajoutant l'offre en propre d'Amazon, ces vendeurs contribuent à un vaste catalogue de 250 à 300 millions de références couvrant un spectre toujours croissant d'unités de besoin. Un très grand hypermarché ne vend pas plus de 100 000 références... En 2017, au travers de l'ensemble de ses places

1. C'est ainsi qu'en quelques années, Airbnb a réussi à dépasser les plus grandes chaînes hôtelières sur le critère du nombre de « lits », sans en posséder aucun...

2. Source : MarketplacePulse.com. Une proportion importante d'entre eux sont en réalité des particuliers ou des auto-entrepreneurs qui font des ventes sur Amazon une activité annexe, souvent en pratiquant le *drop shipping*. Selon le sondage effectué en 2020 par Jungle Scout (un prestataire de service pour les marchands sur Amazon), seulement 21 % des vendeurs interrogés exercent cette activité à temps plein. Pour près de la moitié, les ventes sur Amazon rapportent seulement moins de 5 000 $ par mois.

de marchés, Alibaba était en mesure de proposer 1,5 milliard de produits[1].

L'enrichissement et la diversification de l'offre accroît le volume des transactions par l'attraction de nouveaux consommateurs et l'augmentation du volume d'achat des clients existants. La plateforme, se rémunérant par la facturation aux marchands d'un abonnement mensuel et/ou par l'application d'un taux de commission sur les ventes, voit augmenter ses revenus[2]. Simultanément, l'augmentation du trafic et du volume de transactions permet de collecter un flux croissant de données sur les comportements des consommateurs. Certaines de ces données pourront être proposées (gratuitement ou à titre onéreux) aux marchands de la place de marché afin de les aider à optimiser leur offre, éventuellement avec l'appui des outils de traitement analytique des données mis à disposition par la plateforme[3]. Ces « services » renforcent l'attractivité de la place de marché et contribuent à nourrir le flux de nouveaux marchands. Aux revenus que les données et leur exploitation sont susceptibles de générer, la plateforme peut ajouter ceux résultant de la monétisation de l'audience des visiteurs au travers de la commercialisation de leviers de stimulation des ventes (publicité, produits « sponsorisés », mise en avant, organisation de « ventes flash »...).

1. Ming Zeng, *Smart Business. What Alibaba's Success Reveals About the Future of Strategy*, Cambridge, Harvard Business Review Press, 2018, p. 62.

2. Certaines places de marché, comme Taobao d'Alibaba, n'opèrent aucun prélèvement auprès des marchands mais se rémunèrent par la publicité. Mais, là aussi, les recettes publicitaires sont croissantes avec l'audience de la plateforme.

3. En 2019, Amazon annonçait investir plus de 15 milliards de dollars dans le développement d'outils destinés à aider les vendeurs de sa *marketplace* (les PME en particulier) à accroître leurs ventes. Ces outils auront vocation à compléter ceux développés par des tiers et disponibles sur l'Amazon Marketplace Appstore.

Tout ou partie des revenus de la plateforme peuvent être réinvestis pour accélérer la dynamique de croissance. En investissant dans l'outil logistique, par exemple, afin d'être en mesure d'exploiter les économies d'échelle potentialisées par la montée en régime de l'activité. À la clé, il y a à la fois l'opportunité d'améliorer la qualité du service de livraison et d'en réduire le coût pour les consommateurs, et un renforcement de la compétitivité de l'offre de prise en charge de la gestion des stocks et de l'expédition de leurs colis pour les marchands. Une autre source de revenus qui s'en trouve accrue. Les bénéfices de l'exploitation peuvent également être investis dans le développement de nouveaux services pour les consommateurs, venant renforcer l'attractivité de la plateforme, en particulier ceux sensibles aux économies d'échelle, auxquels les concurrents plus petits auront des difficultés à accéder. On pense naturellement ici aux services « offerts » aux clients abonnés Prime d'Amazon : espace de stockage de photos illimité, accès gratuit à Amazon Prime Video ainsi qu'à Amazon Music et à Amazon Reading sans oublier, bien entendu, la livraison rapide gratuite. Certes, les clients d'Amazon doivent payer pour bénéficier de ses avantages (49 € en France, 129 $ aux États-Unis). Mais le prix de l'abonnement paraît sans commune mesure à ce qu'il en coûterait à l'abonné pour accéder à l'ensemble de ces services aux prix auxquels ils sont proposés. Un analyste de JP Morgan avait chiffré ce montant à quelque 785 $ par an...

Autre mécanisme cumulatif, l'amélioration continue de la capacité de la place de marché à orienter les consommateurs dans leurs choix (ce qui est rendu d'autant plus nécessaire que l'offre devient pléthorique). Il y a d'abord le jeu des algorithmes qui produisent les réponses aux requêtes des consommateurs, définissent l'ordre dans lequel les produits sont présentés, élaborent des recommandations, etc. La performance des algorithmes (leur pertinence) s'améliore avec la quantité de données dont ils sont nourris. Il y a ensuite les notes et avis des acheteurs. Plus ceux-ci sont nombreux, plus ils sont utiles aux clients en phase de recherche[1]. Et ils seront d'autant plus nombreux que la base de clients est importante. Le cas échéant, la plateforme peut investir une partie de ses revenus dans des dispositifs d'incitation des clients à évaluer les produits achetés. Le caractère pléthorique de l'offre d'Amazon couplé à la richesse des avis des consommateurs fait que le site aurait dépassé Google comme point de départ de la recherche d'information au cours du processus d'achat[2]. Pour les fournisseurs, cela signifie qu'être absent de la plateforme d'Amazon c'est être exclu de l'espace de choix des consommateurs... Une incitation de plus à intégrer la place de marché et, ainsi, contribuer à l'enrichissement de son offre.

L'augmentation du nombre de marchands sur le site nourrit un autre mécanisme cumulatif. Plus les marchands vendant des produits proches ou identiques sont présents sur la *marketplace*, plus la concurrence entre eux est forte. La transparence des prix pour les consommateurs rend la concurrence par les prix implacable, les marchands les moins compétitifs se trouvant rapidement mis hors-jeu

1. 40 % des ventes d'Amazon découleraient de recommandations (M. J. Cusumano, et *al.*, *The Business of Platforms*, *op. cit.*).

2. Selon une étude réalisée par le prestataire de solutions technologiques Adetpming, en 2018, 47 % des consommateurs américains débutaient leurs recherches de produits directement sur le site d'Amazon, soit plus que les 35 % ayant recours à Google. En réalité les sources d'information ne sont pas exclusives. Une enquête réalisée début 2021, toujours auprès d'internautes américains, révèle que 74 % des répondants démarrent leur recherche sur Amazon qui dépasse ainsi Google, avec 65 %, et les sites Internet des marques et des enseignes (Jungle Scout, Consumer Trends Report, Q1-2021). En ligne.

(sauf à disposer de forts éléments de différenciation). C'est ainsi que, spontanément, en se développant, la *marketplace* renforce sa compétitivité-prix, ce qui en accroît l'attractivité du point de vue des consommateurs. Accessoirement, plus les marchands sont nombreux et en concurrence mutuelle, plus ils sont enclins à se démarquer et à se rendre plus visibles aux consommateurs, en ayant recours aux services publicitaires de la plateforme. Parallèlement, les retours des clients, sous la forme de notes et d'avis, contribuent à la compétitivité de la plateforme par la signalisation des produits ou des marchands défaillants, qui risquent ainsi de se trouver rapidement et spontanément évincés du marché. Enfin, à mesure de la montée en régime de la plateforme, le pouvoir de police de son propriétaire se renforce, en sorte qu'il est de plus en plus en mesure de faire valoir qu'il « dispose d'une souveraineté irrévocable et absolue[1] » de définir les règles et d'exclure ceux qui ne les respectent pas[2].

Et le cercle vertueux ne s'arrête pas là. Les compétences acquises dans l'exercice de l'activité de *marketplace* ainsi que la masse de données collectées favorisent l'approche d'autres marchés, voire la diversification vers d'autres activités. On pense d'abord, bien sûr, à l'activité de *cloud computing* que Amazon et Alibaba ont su développer et dont la clientèle s'étend bien au-delà des seuls marchands. C'est aussi le cas de l'activité logistique. Par exemple, Cdiscount gère la livraison des meubles encombrants pour le compte

1. Jonas A. Schwarz, « Platform Logic : An Interdisciplinary Approach to the Platform-Based Economy », *Policy & Internet*, 2017, p. 382.

2. « Les plateformes sont de nouvelles modalités d'organisation des marchés qu'elles internalisent et dont elles définissent les règles visibles » (Christophe Benavent, *Plateformes. Sites collaboratifs, marketplaces, réseaux sociaux… Comment ils influencent nos choix*, Limoges, FYP Éditions, 2016, p. 87).

de But. Cette extension du périmètre d'exploitation et de valorisation des compétences associées à la gestion de la *marketplace* génère des économies d'échelle et d'apprentissage lesquelles, en retour, renforcent encore la compétitivité de la *marketplace*.

En résumé, la force de modèle de la *marketplace* se concentre sur les trois dimensions suggérées par Brousseau et Pénard[1] pour analyser les business modèles du numérique.

– *L'appariement entre l'offre et la demande*. Dans un contexte de « démoyennisation » de la demande de biens de consommation auquel répondent, du côté des offreurs, les stratégies de segmentation, de prolifération des produits, d'exploitation de la « longue traîne », la mise face à face du bon produit avec le bon client est génératrice de coûts de transaction importants et, de ce fait, constitue l'une des voies par lesquelles le commerce est susceptible de produire de la valeur ajoutée[2]. Les *marketplaces* sont en mesure de rendre accessible une offre extrêmement profonde tout en donnant les moyens à chaque consommateur d'identifier relativement facilement les produits répondant le mieux à la spécificité de ses attentes. Amazon a affiché plus de 60 000 résultats en réponse à ma requête « robinet de cuisine ». À supposer qu'un magasin physique soit capable d'exposer une telle offre (rappelons que 60000 correspond approximativement au nombre de références vendues par un hypermarché moyen sur l'ensemble de ses rayons...), le rayon ainsi constitué serait totalement

1. Éric Brousseau, Thierry Pénard, « The Economics of Digital Business Models : A Framework for Analyzing the Economics of Platforms », *Review of Network Economics*, vol. 6, n° 2, juin 2007, p. 81-114.

2. P. Moati, *L'Avenir de la grande distribution*, Paris, Odile Jacob, 2001.

impraticable pour des clients littéralement assommés par l'hyperchoix. Comme le rappelle Christophe Benavent, le numérique dispose de cette formidable capacité de coordonner de manière efficace les actions et les interactions d'un nombre très élevé d'agents[1]. Sur Amazon (comme sur la plupart des sites marchands généralistes), la colonne de gauche propose plusieurs critères permettant de resserrer progressivement l'espace de choix et un algorithme, nourri des comportements passés de chaque client, hiérarchise les produits proposés en fonction de l'analyse qui est faite des préférences probables du client.

– *La gestion des connaissances* : en collectant les fiches-produits des fournisseurs, en proposant aux visiteurs des « comparateurs » permettant de comparer facilement les caractéristiques essentielles d'une sélection de produits, et surtout, en collectant et en diffusant des notes et avis des consommateurs, la plateforme délivre une quantité importante d'informations permettant aux visiteurs de naviguer dans la pléthore des offres. Toujours en réponse à la requête « robinet de cuisine », parmi les modèles présentés en première page, celui associé au plus petit nombre de notes données par les clients en affichait quand même 10. Pour la plupart, elles se comptaient par centaines pour un maximum à 3 683[2]. La possibilité accordée récemment par Amazon à ses clients de donner une note sans avoir à rédiger d'avis a clairement boosté la notation des produits[3].

1. Christophe Benavent, *Plateformes*, *op. cit.*, p. 25.

2. Observation réalisée le 9 février 2021.

3. Cela ne va cependant pas sans poser de problème. L'inflation des notes données sans avis – et de manière anonyme – aurait provoqué celle des faux avis, dont la part a été estimée à près de 40 % (« Amazon : il n'y a jamais eu autant de faux avis que depuis le début de la période du Covid19 », winagoo.com).

Début 2021, un produit a pour la première fois franchi le seuil du million de notes[1] ! Du côté des marchands, l'analyse détaillée de l'activité de la place de marché et des comportements des consommateurs permet à l'opérateur de la *marketplace* d'offrir des prestations de services visant à les aider à optimiser leur action commerciale.

– *La capacité d'intégration*. Comme on l'a vu, la *marketplace* offre aux consommateurs la possibilité de satisfaire un grand nombre d'unités de besoin à partir du même site, d'un même compte, de consolider les paiements et les livraisons. Elle peut également suggérer l'acquisition de produits complémentaires. Mais reconnaissons que, jusque-là, si les *marketplaces* généralistes donnent aux consommateurs l'accès à un vaste ensemble de biens complémentaires en vue de la satisfaction d'un besoin, il revient à chaque client d'autoproduire son « bouquet », de s'assurer de la compatibilité, de la cohérence de ses composantes et de la pertinence de l'assemblage. Les bénéfices d'intégration offerts par les *marketplaces* à leurs clients consommateurs sont de ce fait encore relativement limités. Ils peuvent l'être davantage à l'égard des clients marchands, lorsque la *marketplace*, au-delà des prestations de base, proposent des formules de *fulfillment management*, c'est-à-dire de prise en charge de tout ou partie de la chaîne logistique.

On le voit donc, si les débuts d'une *marketplace* peuvent être difficiles, une fois la masse critique atteinte, les spécificités de son économie en font une machine à produire des rendements croissants qui semblent nourrir spontanément

1. Il s'agit de l'enceinte connectée Amazon Echo Dot de troisième génération, sur le site américain (1 037 865 notes, précisément, le 15 février 2021). Le même jour, le même produit n'en comptait « que » 48 554 sur le site français.

son expansion, et une expansion rentable, peu risquée et peu gourmande en capital. De quoi aiguiser bien des appétits. Mais, on s'en doute, la réalité est un peu plus complexe.

La violence de la dynamique concurrentielle

Si Rakuten a été l'initiateur de la formule, c'est Amazon qui a donné à la *marketplace* ses lettres de noblesse et sa visibilité. Amazon lance sa *marketplace* aux États-Unis en novembre 2000. Il faudra attendre 2003 pour la voir débarquer en France. Elle est accueillie avec une certaine incrédulité : qu'est-ce que ce commerçant qui héberge dans son magasin des concurrents, vendant parfois les mêmes produits que lui, et moins cher ? On allait vite comprendre la formidable portée de ce modèle... En voici un premier indice chiffré : en 2020, les 100 plus grandes *marketplaces* du monde se sont octroyées 62 % des ventes en ligne mondiales[1], et l'activité des *marketplaces* s'est accrue à un rythme deux fois plus rapide que celui de l'ensemble du e-commerce[2].

1. Source : Digital Commerce 360.
2. Source : Mirakl.

LA RUÉE VERS L'OR

Le déploiement par Amazon du modèle de la *marketplace* à travers le monde a boosté sa croissance. En 2020, son chiffre d'affaires a atteint la somme astronomique de 386 milliards de dollars. À titre de comparaison, le chiffre d'affaires monde de Carrefour s'élève à 70 milliards d'euros, soit environ 83 milliards de dollars. Ce chiffre sous-estime le poids économique d'Amazon car, concernant l'activité des places de marché, seules les marges prélevées sur les marchands (et le produit de la vente de services annexes) sont comptabilisées. Le volume de ventes *(gross marchandise volume)* donne une image plus réaliste de l'emprise sur le marché. Il s'est élevé pour Amazon à 490 milliards de dollars en 2020, soit près de six fois celui de Carrefour. La croissance de ce volume de ventes est boostée par des *marketplaces* qui se sont déployées dans une vingtaine de pays, qui ont abordé régulièrement de nouvelles unités de besoin et recruté de nouveaux marchands de manière continue. En 2020, les *marketplaces* ont été à l'origine de 60 % du volume de vente, soit à peu près le double du niveau atteint dix ans plus tôt. Et, en dépit des niveaux déjà atteints, la croissance demeure extrêmement forte : +50 % en 2020 et +64 % au premier trimestre 2021 par rapport au premier trimestre 2020 (pour une croissance de 44 % du volume de ventes total, c'est-à-dire intégrant l'activité de distributeur d'Amazon).

Cette capacité d'Amazon à exploiter rapidement les rendements croissants lui a permis d'asseoir sa position dans la plupart des pays où il s'est implanté. À une exception près, la Chine. Implanté sur le marché chinois dès 2004, Amazon ambitionnait d'y devenir le leader de la vente en ligne de produits importés. Mi-2018, Amazon pesait moins de 1 % du marché chinois du e-commerce. Amazon s'est heurté là à un redoutable concurrent : Alibaba.

Les données relatives à Alibaba sont au moins aussi impressionnantes que celles d'Amazon. Créé en 1999, initialement dans le champ du commerce interentreprises (mise en relation de fabricants chinois notamment avec des acheteurs internationaux), Alibaba a déployé un modèle 100 % *marketplace*. Avec ses différents sites (Taobao, Tmall, AliExpress...), il est présent à la fois dans les échanges entre particuliers, la place de marché généraliste et la vente en ligne de produits importés[1]. Son chiffre d'affaires pour l'exercice mars 2020-mars 2021 s'est établi à 109 milliards de dollars (dont près de 87 % pour la seule activité commerce)[2]. Mais, plus encore que pour Amazon, c'est le volume de ventes qui donne la mesure de l'emprise du groupe : près de 1 200 milliards de dollars, réalisés auprès de 891 millions de clients chinois et plus de 240 millions de clients en dehors de la Chine. En dépit des niveaux atteints, le Chinois continue d'enregistrer une croissance à deux chiffres. Le chiffre d'affaires de l'exercice 2020-2021 s'établit encore en croissance de 41 % (32 % en excluant la reprise des magasins Sun Art).

Parallèlement à la croissance de leur activité, ces géants affichent une rentabilité des plus enviables. Longtemps

1. Le site Alibaba demeure un site d'échanges entre entreprises. Taobao est dédié aux échanges entre consommateurs (CtoC) et aux achats auprès de petites marques et de vendeurs indépendants. Alibaba ne prélève pas de commission et se rémunère pour l'essentiel au travers de la publicité. Tmall est dédié aux grandes marques, notamment internationales, qui versent une commission de 0,4 % à 5 % selon les services adoptés. AliExpress connecte les marchands chinois à la clientèle internationale.

2. Toutes les données financières sont issues du rapport d'activité d'Alibaba.

sous-estimé car ne dégageant pas de bénéfices, Amazon est rentable depuis 2015. En 2020, son résultat net correspond à 5 % de son chiffre d'affaires (à peine 1 % pour Carrefour) et près de 20 % de ses capitaux propres (7 % pour Carrefour). Les résultats d'Alibaba sont plus impressionnants encore avec un résultat net représentant 21 % du chiffre d'affaires et 16 % des capitaux propres. Alibaba comme Amazon ne versent pas de dividendes ; les bénéfices sont réinvestis dans les leviers de croissance. Vu la dynamique de la valorisation en bourse, les actionnaires ne se plaignent pas...

De tels indicateurs de performance sont de puissants facteurs d'incitation à reproduire ce qui a fait le succès des pionniers. Après un round d'observation, dont la durée a donné le temps à Amazon d'asseoir sa position, les grands sites généralistes français de e-commerce ont à leur tour ouvert leurs sites à des marchands tiers : Rue du Commerce (2007), Pixmania (2007), Fnac.com (2009), La Redoute (2010), Cdiscount (2011). Les acteurs de la grande distribution ont été encore plus lents à réagir : Auchan (2015), Carrefour (2016, *via* le rachat de Rue du Commerce, revendu en 2020), Intermarché (2017) et seulement en 2020 pour E.Leclerc. Toujours rien à l'horizon du côté de U... Il ne faudra pas moins de neuf ans à Walmart, le leader mondial de la distribution, pour emboiter le pas au champion du e-commerce en ajoutant une *marketplace* à son site de vente en ligne.

La confirmation, année après année, de la puissance du modèle a fini par provoquer un emballement des vocations au cours des dernières années. Parmi les acteurs français de taille significative, mentionnons : Les Galeries Lafayette (2013), Boulanger (2014), Go Sport (2014), Nature & Découvertes (2014), Spartoo (2015), Conforama (2016), la Camif (2016), le BHV Marais (2018), LDLC (2019). L'emballement a connu son paroxysme dans le contexte de l'envolée des ventes en ligne durant la crise sanitaire qui a fini de convaincre des acteurs de toutes tailles et de tous secteurs d'aller à la rencontre de leurs clients sur la toile sans qu'ils disposent pour autant des ressources nécessaires. C'est ainsi que, depuis 2020, Leroy Merlin, Maison du Monde, Décathlon (en Belgique), Carrefour et Casino (dans l'alimentaire), Greenweez (le site de vente en ligne de produits bio contrôlé par Carrefour), Bricomarché, entre autres, se sont à leur tour lancés dans l'aventure. Le succès rencontré par Mirakl est évocateur. Société française créée en 2012, Mirakl propose une solution informatique pour mettre en place et gérer une *marketplace*. Pour reprendre la terminologie de Michael Cusumano et ses collègues, il s'agit d'une plateforme d'innovation dont le cœur est maîtrisé par Mirakl et dont les capacités sont enrichies par les apports de contributeurs venant greffer leurs services sur la plateforme[1]. Sa démarche vise à devenir un hub notamment en permettant aux marchands de se connecter facilement à l'ensemble des *marketplaces* Mirakl (voire au-delà), ce qui a naturellement vocation à accroître le « *multi homing* [2] » du côté des vendeurs. Fin 2020, la licorne pouvait se prévaloir de 300 clients, dont des poids lourds de la distribution française (Carrefour, E.Leclerc, Galeries Lafayette, Fnac Darty, Conforama, Truffaut…) et étrangère : Kruger (USA), Best Buy (Canada), El Corte Inglés (Espagne). Ses dirigeants affirment que ses clients réunis ont enregistré en 2020 une croissance de 110 % de volume de ventes, à 3,1 milliards

1. M. J. Cusumano et *al.*, *The Business of Platforms*, *op. cit.*
2. Le *multi homing* désigne le fait pour un marchand ou un consommateur d'être client de plusieurs places de marché.

de dollars (ce qui, comparé au volume d'affaires des leaders mondiaux du e-commerce, relativise un peu les choses...), et Mirakl aurait lancé pas moins de 55 places de marché en un an. En septembre 2020, la société a réalisé une levée de fonds de 255 millions d'euros et prévoit de recruter un millier de personnes dans le monde au cours des trois prochaines années. Dès 2021, elle entend doubler le nombre de ses clients et son volume d'affaires. Cette success story et, plus généralement, l'enthousiasme ambiant pour les *marketplaces*, attirent d'autres start-up. Même Cdiscount a annoncé début 2021 le lancement d'une offre couplant l'infrastructure technique de la *marketplace* avec l'accès au catalogue des marchands présents sur sa propre place de marché et la possibilité de prendre en charge la logistique (service de *fulfillment*). En fait, Cdiscount propose ainsi aux acteurs, qui seraient tentés par l'aventure, de lui sous-traiter la création et la gestion intégrale de leur place de marché...

THE WINNER TAKES ALL (OU PRESQUE...)

Activité longtemps restée l'apanage d'une poignée d'acteurs visionnaires, le marché de la *marketplace* est donc désormais en pleine effervescence. Mais s'il y a beaucoup d'appelés, il risque d'y avoir peu d'élus.

En effet, les mécanismes cumulatifs à l'origine de la croissance rapide et auto-entretenue des plateformes numériques ont également de puissants effets sur les formes de la concurrence en faisant de la vitesse un facteur stratégique. Le jeu des effets de réseau et des rendements croissants favorise les plus grands acteurs, qui sont ainsi les plus susceptibles de bénéficier d'une croissance soutenue. Autrement dit, plus une *marketplace* est d'une taille importante, plus elle est compétitive, et plus elle est compétitive, plus elle accroît sa taille. L'expression « *the winner takes all* » est souvent utilisée pour désigner ce trait de l'économie des plateformes qui fait que celui qui prend de vitesse ses concurrents dans l'exploitation des rendements croissants renforce sa compétitivité. De leur côté, les suiveurs souffrent d'un déficit de compétitivité qui va croissant, et voient leurs résultats tirés vers le bas. Lorsqu'un certain nombre de conditions sont réunies (sur lesquelles je reviendrai), ce processus mène à la sortie des suiveurs et à l'établissement d'une position dominante, voire d'un monopole par le leader. Un monopole qu'aucun entrant potentiel ne semble être en mesure de contester frontalement. C'est ce type de processus qui a conduit dans le passé à la position hégémonique de certains standards technologiques, du format VHS pour les magnétoscopes à Windows pour les systèmes d'exploitation d'ordinateurs personnels. Les différents secteurs où règne l'économie de plateforme affichent le plus souvent, comme on l'a vu, des structures extrêmement concentrées au bénéfice du leader. Il ne s'agit pas nécessairement de partir en premier. Ce sont d'ailleurs rarement les « *first movers* » qui finissent par dominer le marché, parfois pour être partis trop tôt alors que les conditions de rencontre d'une demande significative n'étaient pas encore réunies, ou tout simplement parce qu'ils ont essuyé les plâtres d'un inévitable processus de tâtonnement[1]. Ainsi, plus qu'un départ précoce, c'est la vitesse dans la montée en régime qui est déterminante, pour être le premier à atteindre la masse critique à partir de laquelle s'enclenche la dynamique cumulative du succès.

1. Andrei Hagiu, Simon Rothman, « Network Effects Aren't Enough. The Hidden Traps in Building an Online Marketplace », *Harvard Business Review*, avril 2016.

L'avance prise par Amazon, qui déjà en 2000 avec son activité de revendeur était le leader mondial du e-commerce, lui a permis de tirer pleinement profit des mécanismes cumulatifs. Les estimations relatives aux parts de marché détenues par Amazon ne sont pas toujours convergentes, mais toutes indiquent une position loin devant ses concurrents. Amazon, en 2019, aurait été proche de représenter près de la moitié du marché du e-commerce américain[1] ! Cette part aurait sensiblement reculé en 2020 (autour de 40 %), conséquence d'un bond spectaculaire des ventes en ligne aux États-Unis en cette année de crise sanitaire : +44 %, conduisant à établir la part du e-commerce dans l'ensemble du commerce de détail à 21,3 % (contre 15,8 % en 2019)[2]. Ce formidable supplément de vente est, pour partie, la conséquence de reports d'achats des consommateurs des magasins des enseignes à leurs sites de vente en ligne. L'érosion de la part de marché d'Amazon est donc sans doute pour une part réversible. Elle ne doit pas faire oublier l'importance de la croissance en dollars enregistrée par le leader : les 50 % de croissance de la *marketplace* d'Amazon en 2020 correspondent au montant du volume de ventes d'eBay. Et la même année, Amazon serait devenu le premier vendeur de vêtements et de chaussures aux États-Unis, tous canaux confondus, avec une part de marché estimée à 11 % ou 12 %[3].

En France, selon Kantar, en 2019, Amazon aurait été à l'origine de 22 % des ventes en ligne de biens physiques,

1. 43,8 % selon Digital Commerce 360.

2. Calcul Digital Commerce 360 sur la base de données de l'US Department of Commerce.

3. Annie Palmer, « Amazon Unseats Walmart to Become the N° 1 Apparel Retail in U.S., Wells Fargo Says », *CNBC*, 17 mars 2021 (en ligne).

hors enseignes de la grande distribution alimentaire (dont l'essentiel des ventes en ligne sont réalisées *via* les drives)[1]. 22 millions de Français achètent sur son site, soit près d'un Français sur trois et même presque un Français sur deux âgé de 18 à 75 ans[2]. Le numéro 2, Cdiscount dépasse à peine les 8 % de parts de marché. Et là aussi, alors que la part de marché d'Amazon progresse chaque année (18,9 % en 2017 selon la même source), celles de ses suiveurs peinent en général à se maintenir.

L'avance prise par Amazon est désormais difficilement rattrapable. L'activité logistique, par exemple, est fortement génératrice d'économies d'échelle. Le volume d'activité réalisé lui permet de se doter, en France, d'un réseau d'une trentaine de sites logistiques – des « centres de tri » qui alimentent les méga « centres de distribution », jusqu'aux « agences de livraison » assurant les derniers kilomètres – opérant un maillage serré du territoire. Ces entrepôts sont de plus en plus robotisés, grâce notamment à l'expertise acquise par Amazon dans ce domaine depuis l'acquisition, en 2012, du fabricant de robots Kiva Systems qui a débouché sur la création de Amazon Robotics en 2015. À la clé, un avantage compétitif au plan des délais et des coûts de livraison. Et ce n'est pas fini… Chacun connaît l'engagement d'Amazon en direction de la livraison par

1. En 2020, la part de marché d'Amazon, selon la même source, serait tombée à 13 %. Cette baisse s'explique moins par une perte d'attractivité du leader que par la conjugaison des entraves administratives dont Amazon France a souffert durant le premier confinement et du développement de la vente en ligne de nombre d'acteurs du commerce physique pour tenter de faire face aux conséquences de la crise sanitaire sur leur activité. Le numéro 2, Cdiscount, n'a pas profité de cette situation pour accroître la part de marché, qui s'établit à 7 %.

2. De son côté la Fevad, avec Médiamétrie, estimait, début 2020, à 26 millions le nombre de Français clients d'Amazon.

PARTS DE MARCHÉ DANS LA VENTE EN LIGNE DE PRODUITS PHYSIQUES ET DÉMATÉRIALISÉS[1]

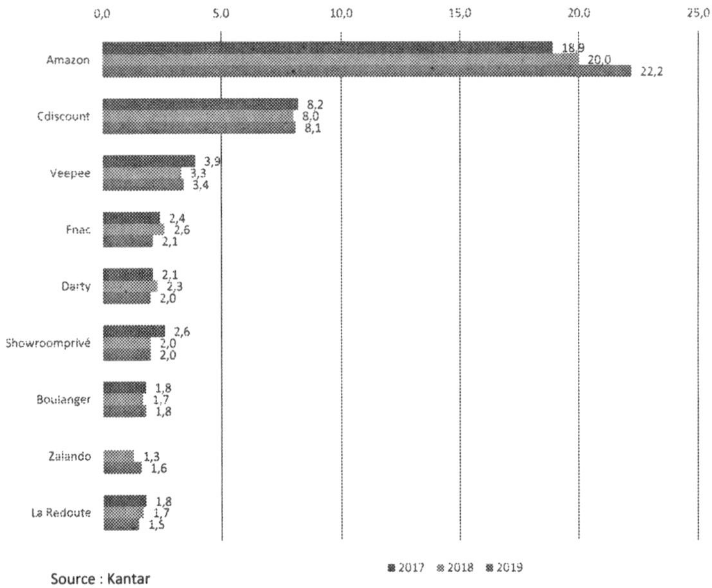

drones. Le buzz provoqué par l'annonce de ce projet en 2013 (que beaucoup avaient pris pour un canular) est sur le point de devenir une réalité : en août 2020, Amazon Air a reçu de l'aviation civile américaine une licence pour le transport aérien par drone. Et pour les liaisons internationales, le géant américain s'est doté d'un hub européen à l'aéroport de Leipzig-Halle que pourront emprunter certains des 70 Boeings qui composent la flotte d'avions cargos

1. Hors abonnements et hors sites de Grandes surfaces alimentaires (GSA).

d'Amazon Air. Et, avec le rachat en 2020 de la start-up Zoox (pour 1,3 milliard de dollars), Amazon investit lourdement dans la recherche sur les véhicules autonomes. L'entreprise a clairement pris le parti d'internaliser la chaîne logistique (mais en s'appuyant sur les transporteurs indépendants pour le dernier kilomètre). C'est ainsi que, aux États-Unis, Amazon Logistics serait devenu le quatrième prestataire logistique, derrière la Poste américaine, UPS et Fedex. Au Royaume Uni, il se placerait en deuxième position derrière Royal Mail. En France, la menace est réelle pour La Poste (qui doit déjà faire face à la baisse structurelle de son activité courrier), Amazon étant son premier client, avec 15 % des colis livrés. Les experts du secteur considèrent comme imminent le lancement par Amazon d'une offre de services logistiques destinée à une clientèle allant au-delà des seuls marchands de sa *marketplace* (qui deviendrait ainsi un *third-party logistics provider*), à l'image de qui a été fait dans le *cloud computing* avec AWS (Amazon Web Service).

La capacité à capter, à stocker et à traiter les données est une des compétences clés dont doit se doter un opérateur de place de marché. Les systèmes informatiques et la main-d'œuvre qualifiée qui va avec sont donc des ressources centrales, ce qui donne naturellement un avantage concurrentiel potentiel aux acteurs natifs du numérique. Amazon l'a rapidement compris et a investi massivement dans ce domaine. Afin de rentabiliser cet investissement, un premier service d'*elastic cloud computing* a été lancé en 2006 en direction de clients tiers, porté par une nouvelle division : Amazon Web Service (AWS). Dix ans plus tard, AWS pouvait se prévaloir de contrôler le tiers de la capacité mondiale de *cloud computing*, soit plus que celles de Microsoft, IBM et Google réunies. La palette de services proposés ne cesse de croître, au-delà de la mise à disposition de capacité de stockage et de puissance de calcul, vers des applications d'intelligence des données. Netflix, Disney, Airbnb, BMW, mais aussi la NASA et la CIA ou Voyage-SNCF font partie de ses prestigieux clients. On compte même parmi eux d'autres acteurs du e-commerce, comme l'Allemand Zalando. En 2020, AWS a pesé pour 12 % dans le chiffre d'affaires d'Amazon mais pour près de 60 % dans son résultat d'exploitation. Cette activité de prestations informatiques, hors du cœur d'activité d'Amazon, lui permet d'entretenir et de développer sa compétence data (qui s'étend désormais à l'intelligence artificielle et à la reconnaissance vocale) et nourrit ainsi la compétitivité de son activité dans le commerce. Et l'apport d'AWS à la rentabilité du groupe, par un jeu de péréquation, autorise des pratiques prédatrices dans le champ du commerce, nombre de transactions étant probablement réalisées à perte (compte tenu des coûts logistiques). Difficile de suivre pour les concurrents qui ne disposent pas d'une telle vache à lait.

Au total, Amazon a déclaré, pour l'année 2020, 42,7 milliards de dollars (soit 11 % de son chiffre d'affaires) au titre du « coût de la technologie et des contenus », une définition très généreuse de la recherche et développement, qui comprend notamment les coûts de l'infrastructure informatique à la base d'AWS[1]. Il n'est pas aisé dans ces conditions d'identifier le montant des dépenses correspondant à la définition stricte de la recherche et développement. En 2018, alors qu'Amazon, sur la même base, déclarait 22,6 milliards de dollars de dépenses, Strategy& et PwC

1. Voir Shivaram Rajgopal, « Amazon Spends $42 Billion on R&D but the 10k Discusses R&D in 300 Words », *Forbes*, 8 mars 2021 (en ligne).

classaient l'Américain en tête du classement mondial des entreprises selon leurs dépenses en R&D. Autre indicateur de la force de frappe d'Amazon, Vincent Mayet recensait, début 2019, 9 039 brevets au nom du géant du e-commerce aux États-Unis, en Europe ou auprès de l'Organisation mondiale de la propriété intellectuelle[1]. Le 16 mars 2021, j'en relève 14 442, auxquels s'ajoutent 1 361 marques commerciales… Il n'est pas sûr que la recherche et développement soit une activité soumise aux économies d'échelle et il est probable qu'une part des brevets déposés vise à bloquer des voies d'innovation qui pourraient embarrasser le leader. Mais il semble clair qu'Amazon dispose d'une force de frappe, en matière d'innovation, sans équivalent parmi ses concurrents. Sauf peut-être de la part d'autres géants du numérique ou de son grand rival, Alibaba.

Sur bien des points, Alibaba emprunte une trajectoire stratégique proche de celle d'Amazon. Alibaba a également perçu l'enjeu stratégique de *cloud computing*. Comme Amazon, il en a fait une activité autonome (Alibaba Cloud) mais dont les développements profitent à l'activité commerce (notamment au travers de l'accès à une infrastructure capable de traiter plus de 500 000 commandes par seconde, comme cela s'est produit durant l'édition 2020 de la « fête des célibataires »). L'activité cloud d'Alibaba a enregistré une croissance de 50 % au cours de l'exercice 2020-2021 et elle se rapproche désormais de l'équilibre. Pendant ce temps, l'activité cloud de Google a encore perdu plus de 5,5 milliards de dollars en 2020…

Et, là aussi comme Amazon, Alibaba a su se doter d'une capacité logistique, au travers de sa filiale Cainiao – qui

1. Vincent Mayet, *Amazon. Main basse sur le futur*, Paris, Robert Laffont, 2019.

anime un vaste réseau de prestataires – lui permettant de proposer des services de *fulfillment* aux marchands de ses *marketplaces*. Enfin, Alibaba n'est pas en reste sur la vente de prestations marketing tirées de l'exploitation de ses données, au travers de sa filiale Alimama, lancée dès 2007. Le point qui distingue sans doute le plus Alibaba d'Amazon est le choix de se développer simultanément selon une logique de plateforme de transaction et de plateforme d'innovation, la seconde nourrissant la première. En effet, plus encore qu'Amazon, Alibaba se donne à voir comme un écosystème, un réseau ouvert, au centre duquel Alibaba coordonne les apports d'un très grand nombre de complémenteurs qui enrichissent en continu les fonctionnalités des plateformes de transactions pour ses utilisateurs. Cette capacité de coordination s'appuie, bien sûr, sur la maîtrise de l'infrastructure numérique[1].

L'échec d'Amazon en Chine a des airs de Yalta du e-commerce mondial : à Amazon l'Occident, et l'Orient à Alibaba. Outre que, dans le détail, la situation est éminemment plus complexe, Alibaba ne cache pas ses ambitions hors d'Asie, en Europe tout particulièrement au travers de sa plateforme AliExpress. Pour gagner en compétitivité, Alibaba travaille l'optimisation de sa logistique pour réduire les délais de livraison d'une offre venant pour l'essentiel de Chine. Pour ce faire, Cainiao est en train de faire construire un entrepôt de 33 000 m^2 sur l'aire de l'aéroport de Liège, en Belgique. Cet entrepôt aura vocation à recevoir et à distribuer les produits chinois acheminés par avion, mais aussi par train, une liaison ferroviaire de 9 000 km reliant le site à Zhangzhou dans le centre de la Chine. Les prochains mois pourraient bien être le théâtre d'un choc frontal des

1. Voir M. Zeng, *op. cit.*

titans du e-commerce sur le sol européen. Déjà, début 2020, AliExpress, avec 4 millions de clients en France, se plaçait en dixième position des sites de e-commerce selon ce critère (hors voyages)[1].

1. Source : Fevad/Médiamétrie.

Les limites du modèle

La présentation épurée du modèle de la *marketplace* qui a été proposée plus haut ne doit pas conduire à faire l'impasse sur ses limites, ses failles, qui sont autant d'opportunités pour des challengers de trouver leur place dans le paysage commercial émergent.

UNE MAÎTRISE IMPARFAITE DE L'OFFRE ET DU SERVICE AUX CLIENTS

Parmi les qualités qui font un bon commerçant, il y a la connaissance des produits et la capacité à s'affirmer comme un sélecteur rigoureux au service de ses clients. Dans la mesure où la compétitivité d'une *marketplace* dépend notamment de l'étendue et de la profondeur de l'offre, c'est-à-dire du nombre de marchands et de produits à la portée des consommateurs, cette fonction de sélectionneur n'est pas naturellement inscrite au cœur du modèle. Plus encore, la *marketplace* n'étant qu'un intermédiaire entre les clients et les marchands, l'opérateur de la *marketplace* n'a pas la main sur les paramètres qui conditionnent la bonne fin de l'expérience d'achat. Il y a donc un risque de décevoir les consommateurs par l'achat de produits inadaptés à leurs attentes en raison d'un défaut d'information ou, pire, de produits de mauvaise qualité. Les délais de livraison annoncés peuvent ne pas être respectés. En cas de problème avec le produit, le consommateur peut être bien en peine d'accéder au service client du vendeur et de trouver une solution acceptable.

En réalité, cette catégorie de limites du modèle tend à se résorber plus ou moins spontanément à mesure que la *marketplace* se développe. Comme nous l'avons vu, avec la croissance, la concurrence que se livrent les marchands s'intensifie. Les offres trompeuses ou les produits de mauvaise qualité sont rapidement débusqués et signalés par les clients malheureux. Par la surveillance des délais de livraison, la sollicitation des avis des clients, l'organisation des échanges entre les clients et les marchands par l'intermédiaire du site permettant d'en contrôler les termes, l'opérateur de la plateforme dispose d'un pouvoir de police, qui est d'autant plus opérant que demeurer sur la *marketplace* constitue un enjeu important pour les marchands.

DES MARCHANDS SOUS PRESSION

Mais cette forme d'autorégulation des marchands par l'intensité de la concurrence qui les oppose constitue en soi une autre limite du modèle : elle est destructrice de rentabilité. Pour les marchands, bien sûr. C'est évident pour ce qui est de la concurrence par les prix, qui devient implacable, dès lors que les vendeurs commercialisent rigoureusement le même produit. Afin d'illustrer mon propos, je suis parti à la recherche d'un jeu de Monopoly Classique sur le site de Cdiscount[1]. Chance ! Je tombe sur une vente flash qui me le propose à 21,99 € (livraison gratuite dès 25 € d'achat… dommage !) au lieu de 41,04 €. Au passage, je n'ai trouvé nulle part sur la toile une boîte de Monopoly vendue à 41,04 €, sauf sur la *marketplace* de Cdiscount où j'en ai trouvé une à 49 €. L'article à 21,99 € est annoncé comme « vendu et expédié par Cdiscount ». Sur la page, je vois que le même produit est proposé par 23 vendeurs. Le moins cher est à 25,90 €. La plupart sont autour de 30 €, à quoi s'ajoutent entre 5 et 10 € de frais de port. Autant dire qu'ils ont bien peu de chances de réaliser la vente… La même expérience sur le site d'Amazon aurait donné le même résultat (sans vente flash, le même Monopoly était vendu par Amazon à 21,99 €).

La rentabilité des marchands est également affectée par la question de la visibilité à mesure que l'offre se développe et qu'elle incite les marchands à dépenser en référencement et en publicité. La question se pose avec une acuité particulière pour les vendeurs nouvellement arrivés sur la plateforme et, plus généralement, pour les nouveaux produits mis en vente qui, par définition, ne disposent pas encore de notes et avis de clients. Et plus l'audience de la plateforme est importante, plus elle est en mesure de facturer au prix fort ses prestations publicitaires.

Enfin, le pouvoir de négociation qu'acquiert l'opérateur de la *marketplace* à mesure de sa croissance le met en position d'augmenter le prix auquel il facture ses prestations aux marchands. Dans le cas d'Amazon, les marchands sont fortement incités à recourir au service « expédié par Amazon » (le service de *fulfillment*) afin d'être éligibles au programme Prime et d'éviter de perdre en visibilité sur le

1. Recherche effectuée le 29 mars 2021.

site. Entre la commission sur les ventes et le coût du service « expédié », c'est jusqu'à près de 50 % du montant de la vente que le marchand peut être contraint de céder à Amazon. Et les tarifs d'Amazon en matière de publicité s'inscrivent dans une trajectoire de hausse quasi continue.

Les déboires du distributeur de jouets américain Toys'R'Us avec Amazon sont exemplaires des difficultés auxquelles les marchands sont susceptibles d'être exposés. En 2000, ces deux acteurs signaient un contrat aux termes duquel, pour les dix années à venir, Toys'R'Us obtenait le statut de vendeur exclusif de jouets sur le site d'Amazon et, en contrepartie, abandonnait son propre site de vente en ligne. Alléguant d'une mauvaise gestion des stocks provoquant des retards de livraison, Amazon a fait progressivement entrer d'autres marchands de jouets sur sa *marketplace*. Face à cette concurrence croissante, le distributeur de jouets finira en 2004 par dénoncer le contrat, obtiendra un dédommagement de 51 millions de dollars de la part d'Amazon et relancera son site de vente en ligne. Trop tard. L'enseigne, déjà fragilisée par ailleurs, ne s'en remettra pas.

Ce type de problématique se pose avec plus d'acuité encore lorsque l'opérateur de la *marketplace* est également un distributeur, comme Amazon ou Cdiscount pour s'en tenir aux grands généralistes. Le flot de données que produit en continu la *marketplace* permet à son propriétaire de déceler très rapidement les marchés porteurs, les produits qui se vendent le mieux. La *marketplace* devient ainsi une sorte de gigantesque laboratoire où s'opèrent des tests commerciaux en grandeur réelle. Il est facile alors pour l'opérateur-distributeur de se positionner sur ces marchés, sur les références les plus demandées, devenant ainsi un concurrent direct de ses marchands. La presse regorge de témoignages de marchands ayant rencontré un vif succès commercial sur une *marketplace* mais qui ont vu leur activité s'effondrer du jour au lendemain dès lors que des produits très proches étaient commercialisés – généralement moins cher – par l'opérateur de la *marketplace* lui-même. Les vendeurs qui se contentent d'être des intermédiaires entre la *marketplace* et des fournisseurs (souvent chinois) – ce que l'on appelle des *dropshippers* – sont les plus vulnérables. Mais les grandes marques ne sont pas à l'abri. Birkenstock, la marque bien connue de sandales, s'est retirée de la *marketplace* d'Amazon à la suite de la mise sur le marché par ce dernier de modèles ressemblant à s'y méprendre à ses nouveautés. Car, outre qu'Amazon est aussi un distributeur (son métier d'origine), il s'est engagé depuis 2009 dans le développement de marques propres. Dans certains cas, le lien à Amazon est explicite (notamment dans le cas des produits Amazon Basics). Très souvent, il s'agit de marques exclusives. Amazon en exploiterait aujourd'hui plus d'une centaine, dans tous les domaines, de l'habillement à l'alimentaire, qui pèseraient pour 15 % dans ses ventes totales. De la conception du cahier des charges à la mise en valeur assurant sa visibilité sur le site, en passant par la définition d'un prix attractif, Amazon a toutes les cartes en main pour être un concurrent implacable pour ses marchands.

Ajoutons enfin, que la *marketplace* fait écran entre le marchand et ses clients. Elle entrave la communication directe entre eux. Les clients demeurent des clients de la *marketplace*. Les données qui s'y rapportent viennent nourrir l'intelligence de la *marketplace* mais échappent pour l'essentiel au marchand. Amazon a récemment resserré d'un cran supplémentaire le robinet des données communiquées aux vendeurs. Selon le site Marketplace Pulse, depuis le 8 avril 2021, les vendeurs ayant souscrit à l'offre de prise en charge de leur logistique par Amazon *(Fulfillment by Amazon)* n'ont plus même accès à la connaissance du nom et de l'adresse de leurs clients et se trouvent ainsi privés de la possibilité d'une quelconque communication directe avec eux, voire de la possibilité de se passer de l'intermédiation d'Amazon au profit de ventes directes, notamment *via* les réseaux sociaux.

Le sondage réalisé par Jungle Scout (un prestataire de services pour les vendeurs sur la *marketplace* d'Amazon) met en évidence un fort sentiment d'inquiétude de la part des marchands, interrogés quant à l'ensemble des points qui viennent d'être soulevés[1]. Et nombreux sont ceux parmi eux qui envisagent de s'implanter sur d'autres *marketplaces* (notamment celle de Walmart). Au final, les *marketplaces* courent donc le risque de perdre des marchands, en particulier ceux porteurs de marques fortes, irrités de subir parfois, sur leurs propres produits, la concurrence de grossistes ou de revendeurs tiers basés à l'étranger. La tentation de la défection peut être grande également parmi les petits marchands ultra-compétitifs sur une catégorie étroite de produits. À moins que ces derniers ne fassent l'objet d'un rachat par un des « agrégateurs » qui prolifèrent depuis quelques années[2]. Leur activité consiste à repérer sur les *marketplaces* (en premier lieu, celle d'Amazon) les marchands indépendants performants dans leurs catégories, mais manifestement entravés dans leur développement par le manque de moyens. Les agrégateurs les rachètent pour les « mettre à l'échelle », les professionnaliser et financer leur développement en tablant sur

1. The state of Amazon seller, Junglescout.com.

2. Basile Dekonink, « Les nouveaux marchands d'Amazon », *Les Échos*, 25 mars 2021, p. 13.

les compétences et les économies d'échelle permises par l'agrégation de dizaines, voire de centaines de marchands. Les *marketplaces* n'ont qu'à se réjouir de cette montée en compétence de certains de leurs vendeurs. Mais cette professionnalisation se double d'un certain rééquilibrage du pouvoir de négociation et d'une plus grande capacité des vendeurs à mettre en concurrence les plateformes.

LE *MULTI HOMING*

Le *multi homing* désigne la possibilité pour les utilisateurs d'une plateforme d'en fréquenter d'autres. Les obstacles au *multi homing* sont un facteur de concentration du marché par le verrouillage des utilisateurs à leur plateforme. Par exemple, dans le domaine des systèmes d'exploitation des ordinateurs personnels, faire le choix de Windows ou de MacOS rend difficile l'adoption du standard concurrent. D'abord parce que, pour des raisons évidentes, rares sont les utilisateurs qui disposent de deux ordinateurs, un dans chaque standard, mais aussi parce que passer d'un système d'exploitation à l'autre implique des coûts (apprentissage, réachat des logiciels). Les modèles théoriques débouchant sur le fameux *« the winner takes all »* supposent l'absence de *multi homing*. Dans le cas des *marketplaces, a priori* peu d'obstacles semblent en mesure d'entraver la possibilité pour les utilisateurs d'en fréquenter plusieurs, ce qui vient relativiser l'idée de la nécessité de prendre de vitesse les concurrents dans la dynamique de croissance afin de bénéficier des mécanismes cumulatifs menant à la domination du marché.

Du côté des consommateurs, engager pour la première fois des achats sur une nouvelle plateforme n'induit que des coûts d'entrée modestes : la familiarisation avec une nouvelle interface (lesquelles interfaces ont tendance au fil des années à converger vers un design dominant) et saisir ses coordonnées pour ouvrir un compte. L'inertie des comportements peut cependant les en dissuader, en particulier si les acheteurs se montrent satisfaits des prestations de la *marketplace* dont ils sont clients. Un autre frein peut venir des stratégies de fidélisation mises en place. Ici, une nouvelle fois, Amazon a vu juste en lançant son programme d'abonnement, Prime. Comme on l'a vu, en contrepartie d'un forfait annuel, les abonnés bénéficient d'un ensemble d'avantages. Parmi eux, la livraison rapide et gratuite. Toutes choses égales par ailleurs, ce point tend à défavoriser les concurrents sur le plan de la compétitivité-prix car, eux, facturent des frais de livraison qui s'ajoutent au prix du produit. En outre, le fait même d'avoir payé l'abonnement dissuade les intéressés de procéder à une comparaison entre sites, avec l'idée qu'il convient d'« amortir » son abonnement. Par ailleurs, tout est fait pour que les abonnés le restent. Outre que l'abonnement est automatiquement reconduit (ce qui active un biais cognitif, dit « biais de *statu quo* »), l'interrompre génère des coûts de sortie tels que la perte de ses accès à Prime Vidéo et à Amazon Music (et les playlists qui lui sont attachées), ainsi que la fermeture de l'accès gratuit au drive dans lequel l'abonné a pu stocker de manière illimitée ses photos. Le système de cagnotage mis en place par Rakuten, qui traverse le vaste ensemble d'activités déployées par le groupe, ou bien encore les liens établis par Alibaba, *via* un identifiant unique, entre ses *marketplaces*, son réseau de magasins physiques, son système de paiement (Alipay), etc., peuvent s'interpréter de la même manière. Ainsi, la diversification vers d'autres activités numériques, parfois fort éloignées du commerce, ne vise pas seulement l'exploitation de nouveaux gisements de croissance ou l'enrichissement de la base de collecte d'informations relatives aux consommateurs ; ces activités répondent aussi à la volonté de s'attacher leurs clients et à les fidéliser. De fait, les abonnés Prime sont fidèles. Ils se montrent prompts à renouveler leur abonnement[1]. Et ils dépensent chez Amazon des sommes sensiblement plus importantes que les clients non-abonnés[2]. Aux États-Unis, le cabinet de conseil CIRP (Consumer Intelligence Partners) estime à près de 153 millions le nombre de clients Prime en juin 2021 (plus de 200 millions au niveau mondial), en croissance de 25 % en un an. Pour mémoire, on dénombre 128 millions de ménages dans ce pays[3]. En France, les chiffres sont plus modestes. Selon l'ObSoCo, en avril 2021, 29 % des internautes seraient des abonnés Prime, ce qui représenterait tout de même plus d'un Français sur quatre. Certes, certains des concurrents d'Amazon (Cdiscount, Fnac.com, Darty, Showroomprivé, Spartoo), ont lancé à leur tour leur formule d'abonnement, portant principalement sur la gratuité de la livraison. Sur Cdiscount, qui s'est engagé dans cette voie en 2014, les abonnés commanderaient en moyenne quatre fois plus souvent que les autres clients. Les consommateurs qui souhaiteraient bénéficier des avantages de l'abonnement à différentes *marketplaces*

1. Selon une étude de Consumer Intelligence Research Partners conduite en 2020, 93 % des abonnés Prime reconduisent leur abonnement après la première année et 98 % après la deuxième année.

2. Selon la même source, ils dépenseraient sur Amazon, en moyenne dans une année, 2,3 fois plus que les clients non-abonnés.

3. La contradiction apparente entre les deux chiffres tient au fait que le premier mesure le nombre d'utilisateurs de l'abonnement Prime, ce qui peut concerner plusieurs membres d'un même ménage. Selon eMarketer, environ 75 millions de foyers américains disposent d'un abonnement Prime, soit près de 60 % des ménages américains.

risquent au final de trouver l'addition salée. Et, de fait, l'enquête conduite par l'ObSoCo en avril 2021 confirme que peu d'acheteurs en ligne souscrivent plusieurs abonnements. 46 % des acheteurs en ligne interrogés affirment être abonnés à un site de e-commerce. Parmi eux, 33 % ne déclarent qu'un seul abonnement, 10 % deux et 3 % trois. Le *multi homing*, tout du moins au plan des abonnements, est donc une pratique très minoritaire. Ce qui profite, une nouvelle fois, à Amazon, qui se taille la part du lion : 37 % des acheteurs en ligne sont des abonnés Prime, contre seulement 10 % pour l'abonnement Cdiscount à volonté et 9 % pour Fnac+, les autres se partageant les miettes. Autant dire qu'il y a là un facteur de réduction de la fluidité du marché, un frein à l'incitation pour les consommateurs à pratiquer le *multi homing*. Ainsi, il va falloir mettre en avant de bonnes raisons pour inciter les clients d'Amazon à fréquenter d'autres *marketplaces*. Par exemple, il faudra être visible et se rappeler régulièrement à leur bon souvenir afin de déjouer l'inertie comportementale. Cela peut impliquer des coûts d'acquisition, notamment pour le référencement sur Google, qui peuvent se révéler rapidement prohibitifs.

La question du *multi homing* se pose en des termes différents sur l'autre versant du marché, celui des marchands. *A priori*, une *marketplace* ne peut imposer à ses vendeurs de ne pas être présents sur d'autres *marketplaces*. Mais les plus puissantes peuvent être tentées d'abuser de leur pouvoir de négociation. Le tribunal de commerce de Paris, dans un jugement rendu le 2 septembre 2019, a condamné Amazon pour déséquilibre significatif dans ses relations avec ses clients professionnels (c'est-à-dire les marchands). Parmi les clauses considérées comme étant à l'origine d'un déséquilibre significatif figurait celle selon laquelle le vendeur tiers était obligé de conserver « une parité » entre la commercialisation sur le site Amazon et la commercialisation sur d'autres plateformes en ligne à propos des services proposés et des informations relatives aux prix d'achat et aux tarifs d'expédition. Autrement dit, avant l'intervention de la justice, Amazon interdisait à ses marchands de vendre moins cher sur une autre *marketplace*. Alibaba a été récemment sanctionné durement par les autorités de la concurrence de son pays pour avoir interdit aux vendeurs de ses *marketplaces* d'être présents sur des *marketplaces* concurrentes.

Pour un marchand, se greffer sur plusieurs places de marché est générateur de coûts de transaction : transmission du catalogue de produits aux normes de la plateforme, contractualisation et surveillance du respect des termes du contrat, investissements pour assurer sa visibilité au sein de la plateforme, analyse de l'activité commerciale et ajustements si nécessaire, familiarisation avec de nouvelles interfaces et de nouveaux outils, etc. Ces facteurs seront surtout dissuasifs pour les petits marchands. De fait, l'enquête réalisée par Jungle Scout auprès d'un échantillon de près de 5 000 marchands présents à travers le monde sur les places de marché d'Amazon confirme que seule une minorité d'entre eux sont présents sur d'autres plateformes (eBay en tête). Des vendeurs de taille relativement importante, souvent spécialistes d'une catégorie, sont présents sur plusieurs *marketplaces* (1 001 jouets, AS-Discount, Boutik...). Les petits pourront cependant s'appuyer sur des « intégrateurs de flux », prestataires qui facilitent l'importation des catalogues sur les différentes *marketplaces* et fournissent toute une palette d'outils de contrôle de l'activité commerciale qui s'y déroule au travers d'une interface unique[1]. En outre, certains éditeurs de sites et de *marketplaces*, tels Shopify et Mirakl, favorisent une forme de standardisation des interfaces qui facilite le *multi homing* pour les vendeurs. Il reste que toutes les places de marché ne sont pas en mesure d'assurer la gestion des stocks et des expéditions, ou le font d'une manière insuffisamment compétitive par rapport aux standards du marché.

On retiendra donc que la faculté relative dont disposent consommateurs et marchands d'être présents simultanément sur plusieurs *marketplaces* amoindrit la force des mécanismes qui mènent à l'hégémonie des leaders, ce qui ouvre un tant soit peu le jeu concurrentiel.

1. Par exemple Neteven, Iziflux, Channel Pilot, Beezup…

SECONDE PARTIE

QUELLES STRATÉGIES POUR UNE CONTRE-OFFENSIVE ?

Être ou devenir une place de marché

Une fois admis que le modèle de la place de marché est un modèle qui grignote à bon rythme des parts du marché du e-commerce et qu'il est de nature à s'imposer durablement, se pose la question des options stratégiques offertes aux acteurs désireux de prendre une solide position sur la vente en ligne dans un contexte de très forte intensité concurrentielle. Contrairement aux apparences, la réponse à cette question ne se borne pas à l'alternative : être une place de marché ou prendre position sur les places de marché existantes.

On l'aura sans doute anticipé, l'option consistant à s'affirmer comme un acteur d'envergure dans l'arène concurrentielle des places de marché apparaît comme une voie improbable. En particulier si l'ambition est de s'imposer comme une place de marché généraliste, frontalement concurrente des *marketplaces* leaders. Je ne reviendrai pas sur la force des mécanismes cumulatifs liés aux rendements croissants qui se logent en différents points du modèle économique des plateformes et qui tendent à renforcer la compétitivité des leaders et à pénaliser les suiveurs. Même si les possibilités de *multi homing* ouvertes à la fois aux consommateurs et aux marchands réduisent le caractère implacable d'une hégémonie sans partage des leaders, l'avance prise par ces derniers – tout du moins dans le champ des *marketplaces* généralistes – semble aujourd'hui difficilement rattrapable et rend particulièrement incertaine la perspective de voir un nouvel entrant conquérir un espace suffisant pour assurer sa pérennité. Seuls des acteurs très puissants, capables d'engager des moyens très importants, et acceptant la perspective d'une (éventuelle) rentabilité différée auraient peut-être quelques chances de succès. En tête, les géants du numériques, qui cumulent une formidable audience, des compétences natives dans le domaine de la data et l'exploitation de plateformes, combinées à des moyens financiers considérables.

L'OFFENSIVE DE GÉANTS DU NUMÉRIQUE

Depuis déjà bien longtemps, Google est tenté de valoriser dans le domaine du commerce la formidable audience de son moteur de recherche, qui est utilisé par de très nombreux internautes au démarrage de leur parcours d'achat. Pendant longtemps, il s'est simplement agi, au travers d'un service de comparaison de prix, de vendre des emplacements publicitaires en rapport avec les requêtes des utilisateurs, et de jouer le rôle de rabatteur vers les sites de e-commerce enrôlés dans le programme Google Shopping.

Après plusieurs années de tâtonnement, Google a décidé en 2018 de passer à la vitesse supérieure et de construire ce qui ressemble fort à une *marketplace*. En réponse à une recherche sur Google Shopping, l'utilisateur se voit toujours proposer en tête les produits sponsorisés, et, plus loin, les autres offres repérées sur la toile par le moteur de recherche. La nouveauté réside dans la possibilité d'« acheter sur Google ». Alors que toutes les autres options amènent classiquement sur le site du marchand, ici la transaction se conclut en restant sur Google. Comme sur n'importe quel site de e-commerce, le consommateur dispose d'un panier qu'il peut remplir de produits vendus par différents marchands référencés et effectuer le paiement sur le site. Il lui est spécifié qu'il peut « commander en toute sécurité avec la garantie de Google », qui consiste dans une assurance de remboursement si la transaction ne se déroule pas comme prévu, activable par un simple contact avec le service client de Google. Au final, rien ne distingue fondamentalement Google Shopping des autres places de marché généralistes. On y trouve les avis de consommateurs (sur les produits et sur les marchands), une gamme relativement étendue de critères de filtrage des résultats (dont les vendeurs situés à proximité du point de connexion), des recommandations fondées sur l'historique de navigation, etc. Il reste néanmoins que Google n'exerce pas d'activité de distributeur en propre et que sont également proposés des produits qui ne sont pas « vendus sur Google » (ils sont même encore largement majoritaires). Et surtout, après une tentative avortée aux États-Unis, Google n'assure pas la livraison, qui reste à la charge des vendeurs.

Le nombre de vendeurs actifs aux États-Unis « vendus sur Google », qui n'étaient qu'une poignée à la mi-2018, approcherait les 8000 à la fin 2020[1]. Un chiffre qui demeure cependant bien modeste et qui témoigne sans doute de la difficulté à convaincre les vendeurs de la pertinence de son modèle. Signe de sa volonté de prendre posi-

1. Source : Marketplacepulse.com.

tion sur le marché des *marketplaces*, Google a annoncé durant l'été 2020 que le taux de commission tomberait à zéro, d'abord aux États-Unis puis dans le monde entier, pour les marchands vendus par Google. Nul doute que Google espère rentabiliser l'activité par la vente de publicité. Plus encore, le partenariat conclut avec Shopify devrait permettre à quelque 1,7 million de sites utilisateurs de la plateforme de pousser leur catalogue de produits sur la *marketplace* de Google en quelques clics.

Facebook est l'autre grand acteur du numérique qui part à l'assaut du e-commerce *via* une démarche qui s'apparente sur bien des points à celle d'une *marketplace*. Depuis longtemps déjà, les marques disposaient de la possibilité d'ouvrir une page sur le célèbre réseau social (ainsi que sur le site de son petit frère, Instagram). Depuis 2016, les visiteurs pouvaient s'informer sur les produits et s'en porter acquéreur, en étant alors renvoyés sur le site de la marque. En 2018, Facebook a introduit la fonctionnalité « shopping » sur Instagram. Depuis, les marques ont la possibilité de « sticker » les produits figurant sur leurs publications ou leurs *stories*, c'est-à-dire d'y apposer une icône. Le visiteur qui clique sur une photo stickée accède à des informations sur le produit et peut être redirigé sur la page du site de la marque où il pourra acheter le produit. Pinterest présente des fonctionnalités similaires.

Une étape a été franchie durant l'été 2020, avec l'amorce de déploiement de l'onglet « shopping » au sein de Facebook et d'Instagram Shop. Les marques peuvent désormais ouvrir une boutique accessible *via* leur page Facebook et communiquer avec leurs clients *via* Messenger, Instagram direct ou WhatsApp, ces derniers pouvant ainsi poser des questions avant l'achat ou suivre l'état de leur commande. Aux États-Unis, les visiteurs peuvent également finaliser la transaction sans quitter l'application et gérer leurs commandes (vérifier que la commande a été expédiée, par exemple). Instagram se voit également doté d'une fonction de *live shopping* : les marques pourront diffuser des vidéos en direct pour présenter leurs produits, avec la possibilité pour les spectateurs d'acheter le produit désiré à partir d'un simple clic. Enfin, les marchands disposant d'une boutique en ligne bâtie sur l'infrastructure technique d'un prestataire spécialisé partenaire (Shopify, WooCommerce, BigCommerce, Magento…) peuvent directement y déverser leur catalogue, y compris, prochainement, sur WhatsApp et sur la *marketplace* de Facebook, jusque-là consacrée aux échanges entre particuliers. Ces nouvelles fonctionnalités, dont sont dotées (ou le seront dans un proche avenir) les plateformes de Facebook, rapprochent ces réseaux sociaux de WeChat, cette messagerie instantanée exploitée par le Chinois Tencent, devenue au fil des développements une sorte d'application « à tout faire » comptant plus d'un milliard d'utilisateurs.

Facebook est ainsi en train de passer du rôle de rabatteur vers celui de *marketplace*, sans pour autant se défaire de son modèle économique d'origine, le leader des réseaux sociaux ne prélevant pas de commission sur les transactions réalisées grâce à son entremise[1]. Comme Google, les revenus continueront d'être issus pour l'essentiel des recettes publicitaires (au sens large) en fonction de leur capacité à générer de l'audience et du temps de cerveau disponible. Il s'agit cependant d'une approche différente du e-commerce, les réseaux sociaux n'étant pas, en premier lieu, une destination shopping. Ils misent davantage sur la

1. Hors facturation de frais de service, notamment pour l'usage de son système de paiement.

dimension communautaire et sur l'achat d'impulsion lié à la découverte d'offres marchandes. D'ailleurs, chez Facebook, on parle de « *discovery commerce* » (commerce de découverte). La diffusion rapide de la recherche visuelle est de nature à booster la position des réseaux sociaux dans l'écosystème du e-commerce[1].

LA VOIE ÉTROITE DES ACTEURS DE LA GRANDE DISTRIBUTION

Aucun de nos distributeurs nationaux, seuls, ne nous semble en mesure de réunir les conditions d'une percée significative dans le cercle très étroit des *marketplaces* généralistes. En réalité, c'est même le cas de la quasi-totalité des distributeurs du monde. Sauf, peut-être, un : Walmart.

Walmart est le numéro 1 mondial du commerce (pour combien de temps encore ?), avec un chiffre d'affaires qui s'élève à 455 milliards d'euros, soit plus de six fois celui de Carrefour.

Présent en ligne dès 2000, Walmart n'a lancé sa *marketplace* qu'en 2016, alors qu'Amazon occupait déjà une position de force, en particulier aux États-Unis.

Début 2021, eMarketer estimait la part de Walmart dans le e-commerce américain à près de 7 %, bien loin des 40 % d'Amazon[2]. Walmart est cependant le seul acteur à dépasser le seuil symbolique de 5 % et à voir sa part de marché progresser chaque année, au point de se placer en deuxième position après avoir dépassé eBay pour la première fois en

1. On photographie un produit ou on scanne un article sur une photo, et on obtient une liste d'articles achetables sur les sites de vente en ligne.

2. Source : eMarketer.

2020. Le volume d'affaires, qui avait doublé entre 2017 et 2019, a progressé de 76 % en 2020 et le seuil de 100 000 vendeurs sur sa *marketplace* a été atteint en juillet 2021. Un sondage effectué, début 2021, auprès d'un échantillon d'internautes américains révélait que, si 73 % d'entre eux déclaraient avoir procédé à des achats sur Amazon au cours du quatrième trimestre 2020, ils étaient aussi 40 % à dire avoir acheté sur Walmart.com (soit bien plus que les 18 % ayant été clients de eBay ou de Target.com)[1]. Il faut dire que le distributeur s'est donné les moyens de ses ambitions en investissant massivement à tous les niveaux. Notamment, en procédant à l'acquisition de start-up, lui permettant de combler une partie de son retard en matière de compétences numériques. Par exemple, en 2016, il a acquis pour 3 milliards de dollars Jet.com, une *marketplace* américaine à la croissance très rapide disposant de fortes compétences en matière de tarification dynamique. Les acquisitions ont également porté sur des marques communautaires nées sur Internet (les fameuses DNVB dont je reparlerai bientôt). Pour contrer Amazon à l'international, Walmart a pris le contrôle de Flipkart, le leader du e-commerce en Inde, pour la bagatelle de 16 milliards de dollars. Walmart investit également lourdement dans la logistique et dans le marketing. En 2017, il a lancé la livraison en deux jours (s'appuyant, comme chez Amazon, sur une offre de service de *fulfillment* à destination des marchands) et il a procédé, fin 2020, au lancement d'une formule d'abonnement inspirée de Prime (Walmart+). Début 2021, le compteur des abonnés indiquerait 8 millions de membres[2]. C'est plus de quinze fois moins que le nombre

1. Source : Jungle Scout, Consumer Trends Report, Q1 2021.
2. Source : Consumer Intelligence Research Partners.

d'abonnés Prime, mais la performance est remarquable en si peu de temps. Conséquence de tous ces investissements, sa branche e-commerce aurait encore subi une perte de 2 milliards de dollars en 2019. Avec 64 000 vendeurs et 45 millions de produits, la *marketplace* de Walmart est loin d'être aussi achalandée que celle d'Amazon. C'est sans doute ce qui a motivé Walmart à passer un accord avec Shopify en juin 2020 visant l'implantation de boutiques en ligne de ce dernier sur sa *marketplace*. Je reviendrai sur Shopify plus bas. L'alliance de Walmart et de Shopify prend des airs de constitution d'un front anti-Amazon.

Aucun des distributeurs nationaux ne semble, seul, disposer de la puissance de feu nécessaire pour emprunter une voie à la Walmart. Le premier généraliste français, Cdiscount, ne pèse que 8 % de l'ensemble du e-commerce et peine à dépasser ce seuil malgré la montée en puissance de sa *marketplace* qui représente désormais plus de 40 % de son volume de ventes. Comme on l'a vu plus haut, début 2021, la filiale du groupe Casino a cependant pris une initiative intéressante, que l'on suivra avec intérêt : s'affirmer comme un concepteur de *marketplaces* pour autrui. Comme le résumait Emmanuel Grenier, son PDG, dans une interview à *LSA*, il s'agit de proposer « la bibliothèque, les livres pour la remplir et la logistique pour les acheminer »[1]. Autrement dit, l'offre d'Octopia, la filiale créée à cette occasion, consiste à proposer à des vendeurs en ligne d'ouvrir une *marketplace* en leur offrant la technologie, la capacité logistique de *fulfillment*, et même l'accès aux marchands présents sur la *marketplace* de Cdiscount. La plateforme entend développer son offre à l'international. Ainsi, Cdis-

1. « L'interview exclusive d'Emmanuel Grenier, le PDG de Cdiscount », *LSA*, 3 mars 2021.

count fait coup double : il valorise son savoir technologique et logistique et, à l'image d'Amazon, se donne les moyens d'un passage à l'échelle (Cdiscount espère ainsi doubler de taille en quatre ou cinq ans). Dans le même mouvement, Cdiscount dispose d'un nouvel argument pour recruter des marchands, attirés par la possibilité de se connecter à bon compte à plusieurs *marketplaces*, notamment à l'international.

Un autre acteur national semble disposer du potentiel nécessaire pour tenter sa chance. La nébuleuse Mulliez, qui, d'Auchan à Décathlon et Leroy Merlin, en passant par Kiabi ou Norauto, bénéficie de marques fortes et compétitives dans leur domaine, qui couvrent, ensemble, un large spectre d'unités de besoin. Elle dispose là d'une base solide à partir de laquelle une *marketplace* pourrait être développée. Jusqu'à il y a peu, la coopération entre les enseignes et l'engagement dans des actions stratégiques communes ne faisaient pas partie de la culture de l'Association Familiale Mulliez (AFM). La conscience que l'organisation des marchés de consommation est en pleine mutation (ce qu'Auchan paie d'une forte dégradation de ses performances) est en train de faire progresser l'idée d'exploiter des synergies, ce dont témoigne en particulier la création de *shops in the shops* Décathlon, Boulanger ou Electro Dépôt dans certains hypermarchés Auchan. Cet élan ira-t-il jusqu'à aborder le e-commerce au travers d'une plateforme commune ? L'avenir le dira[1]. Mais, comme on l'a vu, et en reprenant les jolis mots de Barbara, « le temps perdu ne se rattrape plus ».

1. La place de marché de Leroy Merlin, ouverte en mai 2020, commercialise des produits de Boulanger et de Saint-Maclou, composantes de l'AFM, ce qui contribue à permettre à Leroy Merlin d'étendre son offre, au-delà du bricolage, à l'ensemble de l'univers de la maison.

Il est également permis de rêver à une autre option qui consisterait dans une sorte d'union sacrée de leaders de la distribution française qui, comprenant que la principale menace pour leur avenir ne vient pas de leurs concurrents directs mais de ces trouble-fêtes issus du numérique, se décideraient à engager une contre-offensive collective en mutualisant financement, infrastructures et compétences. Force est de constater que la culture du microcosme n'est pas vraiment portée sur la coopération. L'impulsion pourrait venir d'un État qui, comme aux belles heures du cinquième Plan, aurait compris la nécessité de faire émerger un champion national dans ce domaine. Une telle initiative serait probablement condamnée par l'autorité européenne de la concurrence. On pourrait alors imaginer que ce projet devienne un projet porté par une Commission européenne qui, acquise à l'idée que face à la montée de ce capitalisme de plateformes qui exclut très largement l'Europe, il y a sans doute mieux à faire que de se contenter de camper sur la défensive en s'efforçant de freiner leur ascension à coup d'amendes, de taxes et de règlements. Une approche offensive consisterait à bâtir une alliance entre les leaders de la distribution de l'Union, soutenue par les plus beaux fleurons de la *Tech* européenne et des géants de la logistique… Mais revenons sur terre[1].

1. L'amorce d'une contre-offensive à l'échelle européenne a été réalisée, fin 2019, à l'initiative de Cdiscount. Il s'agit de la création de l'INM (International Marketplace Network), un réseau de *marketplaces* (MP) européennes. Concrètement, il s'agit de la création d'une interface connectant les MP, permettant à chacune de bénéficier des marchands des autres ou, vu de l'autre côté, aux marchands d'accéder aux MP étrangères du réseau sans coûts de transaction supplémentaires. À l'heure où j'écris ces lignes, le réseau se borne aux quatre MP d'origine : Cdiscount, l'Allemande Real.de, l'Italien ePrice et le Roumain eMag.

Se greffer sur une place de marché

À défaut de pouvoir créer une *marketplace*, se greffer à une *marketplace* peut être perçu comme une option tentante. En particulier lorsqu'il s'agit des leaders mondiaux du secteur. Comment ne pas être tenté de voir ses produits exposés à plus de 80 % des ménages américains, ou à près de 50 % des Français, ou bien encore à près de 700 millions de Chinois ? La tentation est grande, en effet, en particulier pour les marques ou les distributeurs en retard dans leur processus de numérisation. L'investissement initial est faible, d'autant plus que les grandes *marketplaces* se proposent de prendre en charge tous les aspects de la chaîne de valeur qui ne s'apparentent pas au cœur de l'activité commerciale : gestion de la prise de commande, de la facturation et du paiement, stockage des produits, préparation des colis, expédition et gestion des retours. En apparence, on ne peut qu'y gagner. De fait, la capacité des *marketplaces* leaders d'attirer pléthore de marchands est avérée et constitue l'un des ressorts des mécanismes cumulatifs sur lesquels se fonde leur compétitivité. Rappelons qu'Amazon ne revendique pas moins de 8 millions de marchands présents sur ses *marketplaces* à travers le monde.

De fait, pour nombre d'entreprises, l'intégration à une grande *marketplace* a été un formidable levier de développement. Des commerçants indépendants ont pu y trouver un moyen d'étendre leur clientèle au-delà de leur zone de chalandise physique. Des PME en ont fait un levier d'internationalisation. Amazon revendique l'enrôlement de 10 000 TPE et PME françaises[1]. Une rapide recherche sur la toile fait remonter de nombreuses *success stories*[2], telle celle de la start-up Prêt à Pousser qui vend des kits pour la culture de potagers, de champignons, d'herbes aromatiques ou de fleurs d'intérieur. Son succès commercial, elle le doit, bien sûr, à l'originalité de ses produits qui surfent sur un courant sociétal porteur. Mais la start-up a également rapidement compris comment sa présence sur des *marketplaces* pouvait accélérer son développement. Elle est présente aujourd'hui sur les *marketplaces* de Cdiscount, Truffaut, Nature et Découvertes, Conforama, Fnac.com et Darty... et sur celle d'Amazon, qui a embarqué l'entreprise dans ses campagnes de promotion en faveur des petites entreprises françaises, et qui l'a aidée à accéder à l'international. La notoriété acquise grâce aux *marketplaces* est devenue un moteur de l'activité sur sa propre boutique en ligne.

Depuis 2017, Amazon organise régulièrement des Amazon Academy à destination des TPE et PME françaises. En décembre 2020, dans le contexte de la crise sanitaire donc, Amazon a lancé, en partenariat avec Bpifrance, un service de formation en ligne accessible librement permettant aux

1. Et 1,9 million au niveau mondial, qui pèserait pour 60 % du volume des ventes (Jeff Bezos, Lettre aux actionnaires 2020, 15 avril 2021).

2. Voir, entre autres, Vanessa Zocchetti, « Peut-on (vraiment) faire du business avec Amazon ? », *Capital.fr*, 19 novembre 2020.

entreprises de se lancer dans la vente sur Internet. Un bon moyen d'améliorer son image et de recruter de nouveaux vendeurs pour sa *marketplace*, moyen également bien perçu par Rakuten ou Cdiscount qui, eux aussi, à l'occasion du deuxième confinement ont tenté de rallier des petits commerçants contraints de fermer boutique à coup de formation et d'accès temporairement gratuit à leurs *marketplaces*.

Pour des industriels accédant traditionnellement au marché par des distributeurs, intégrer une *marketplace* assure une meilleure maîtrise de la commercialisation de leurs produits, les leaders de plateformes accordant une beaucoup plus grande autonomie aux marchands que les distributeurs à leurs fournisseurs pour définir et conduire leur stratégie commerciale (sélection des produits, information communiquée, prix, etc.).

Mais adhérer à une grande *marketplace* peut être également une option pour des distributeurs en parallèle ou à la place de leur propre site marchand. En France, Monoprix, Truffaut, Lavinia, Fauchon et Bio c' Bon (avant son rachat par Carrefour) se sont greffés sur la plateforme d'Amazon[1]. Lors du lancement de Google Shopping en France, en mars 2019, Carrefour, Boulanger, Darty, Auchan et Sephora se sont déclarés partenaires. Leur embarquement dans les premiers pas du commerce vocal devait suivre. Walmart avait conclu un accord similaire avec Google aux États-Unis.

Pour tous, la *marketplace* est un moyen économe d'établir le contact avec les consommateurs, de collecter des

1. En Espagne, Amazon a conclu en 2017 un accord avec Dia dont l'enseigne Plaza de Dia est ainsi intégrée au programme Amazon Now. En 2016, un accord similaire, avait été conclu avec Morrisons, le numéro 4 de la distribution alimentaire britannique.

données, de bénéficier, *via* les notes et avis, de retours sur ses produits permettant l'amélioration de l'offre.

Pour autant, le choix d'intégrer une *marketplace*, comme on l'a vu plus haut, n'est pas dénué d'inconvénients. Revenons-y rapidement.

Il y a d'abord le risque de dépendance face à une *marketplace* qui contribuerait à une part importante de leur activité. Cette dépendance expose au pouvoir de négociation du propriétaire de la plateforme qui serait en mesure de modifier unilatéralement les conditions contractuelles – notamment le taux de commission[1] –, ou d'inciter lourdement à l'achat de prestations supplémentaires. Par exemple, les abonnés Prime d'Amazon sont, comme on l'a vu, de plus en plus nombreux et pèsent pour un poids important et croissant dans l'activité de la *marketplace*. Ils tendent naturellement à privilégier dans leurs achats les produits Prime, systématiquement éligibles à la livraison rapide et gratuite. Il y a donc là une forte incitation pour les marchands à souscrire au service « expédié par Amazon » pour s'assurer de participer au programme Prime. La gamme de produits éligibles serait ainsi passée de 20 à 100 millions de 2014 à 2018, avec une progression à l'avenant du nombre de marchands enrôlés. Chaque année, Amazon révise la tarification des services vendus aux marchands dont il assure la logistique. Les tarifs sont généralement revus à la hausse.

Un deuxième inconvénient est lié à l'intensité de la concurrence au sein de la *marketplace*. Rappelons-nous des 60 000 réponses à ma requête « robinet de cuisine » sur le site français d'Amazon. Le modèle de la *marketplace* est

1. En janvier 2018, le taux de commission sur la catégorie « vêtements et accessoires » est passé de 15 % à 17 %.

redoutable pour les distributeurs traditionnels, les « revendeurs » qui achètent des produits à leurs fournisseurs pour les revendre aux consommateurs. Pour eux, vendre sur une *marketplace*, c'est s'exposer au risque d'y être confrontés à d'autres marchands vendant les mêmes produits mais moins cher. On se souvient des déboires de Toys'R'Us avec Amazon. Ces distributeurs sont, en outre, exposés au risque de voir leurs fournisseurs tentés de vendre en direct aux consommateurs grâce aux facilités que leur offre la *marketplace*. La situation est à peine moins défavorable pour les vendeurs de produits standardisés (comme des articles de quincaillerie ou de papeterie). Seuls les vendeurs de produits de niche ou, mieux, de produits différenciés exclusifs (qu'ils sont seuls à vendre) sont épargnés de la violence de la pression concurrentielle.

Enfin, le dernier inconvénient concerne plus particulièrement des opérateurs hybrides, déployant une activité de place de marché parallèle à leur activité de revendeur, comme c'est le cas d'Amazon. Il a souvent été reproché à Amazon de s'appuyer sur les données collectées sur l'activité de la place de marché pour repérer les produits des marchands rencontrant un fort succès commercial afin d'en devenir vendeur[1]. La manœuvre est d'autant plus probable que les produits en question sont vendus par des acteurs qui n'en ont pas l'exclusivité et s'approvisionnent auprès de tiers. Mais il est arrivé à Amazon de s'inspirer copieusement de succès de ses marchands pour faire fabriquer un produit très proche, vendu sous l'une de ses très nombreuses marques propres, et appelé à bénéficier de la meilleure visibilité sur le site.

1. Ce type de pratiques a été explicitement reconnu par un ancien directeur du merchandising d'Amazon. Voir Brad Stone, *The Everything Store. Jeff Bezos And the Age of Amazon*, Londres, Corgi Books, 2014, p. 182.

Partir seul

Pour une marque ou une enseigne, une première alternative à l'intégration à une *marketplace* est le déploiement de son propre site de vente en ligne. En soi, la création d'un site de vente en ligne est une démarche à la fois relativement simple et peu coûteuse. De très nombreux prestataires proposent des offres packagées permettant de créer son site marchand, personnalisé, en quelques clics, l'étape la plus longue consistant dans la création du catalogue de produits. Les coûts de transaction facturés par ces prestataires (du simple forfait à un abonnement mensuel couplé à un pourcentage pris sur les ventes, selon la largeur de la palette des services fournis) est sans commune mesure avec le niveau des commissions pratiquées par les grandes *marketplaces*. En outre, cette option confère à l'entreprise l'indépendance dans ses choix de design, un accès garanti aux données clients et la possibilité d'épaissir la relation avec les clients ou les prospects.

De fait, du commerçant de quartier à la grande marque internationale, ce sont plus de 200 000 sites marchands qui sont actifs en France[1]. Un chiffre en croissance continue, boosté par la crise sanitaire qui a incité nombre de petits commerces à se lancer pour tenter de compenser le manque à gagner des ventes en magasin, ainsi que des PME désireuses de vendre en direct aux consommateurs. Cette dynamique a contribué à l'émergence d'un nouvel acteur de poids sur la scène du e-commerce : le canadien Shopify, qui se plait à se présenter comme une alternative à Amazon[2].

À la différence des *pure players* du e-commerce ou des leaders de la *marketplace*, Shopify n'est qu'une plateforme logicielle, invisible des consommateurs, « une sorte de WordPress très simplifié dédié à la vente en ligne »[3]. Il est le leader de ces prestataires qui facilitent l'accès au commerce en ligne pour autrui. Dans le traitement du fameux problème de la poule et de l'œuf que pose l'économie des plateformes, Amazon a privilégié la captation des consommateurs ; Shopify s'est concentré sur les vendeurs. Au-delà de la mise à disposition des outils simplifiant considérablement la création du site, Shopify propose tout un ensemble de services allant de l'aide au référencement à la gestion des paiements, en passant par le recueil des avis de clients. Un ensemble, particulièrement attractif pour des TPE ou des PME, qui est enrichi par les milliers d'applications greffées sur la plateforme par des prestataires indépendants. Pour profiter de tout cela, le marchand devra s'acquitter d'un abonnement

1. Source : Fevad.

2. Son président, Tobias Lutke, a tweeté : « Amazon s'efforce de bâtir un empire. Shopify essaie d'armer les rebelles. »

3. Marine Protais, « Shopify ou la fin du règne d'Amazon ? », *L'ADN*, 25 mars 2021 (consultable en ligne).

mensuel et d'une faible commission sur les ventes[1]. La réussite de Shopify est spectaculaire. En 2019, cette entreprise, créée en 2006, a réussi à déloger eBay de la deuxième place sur le podium du e-commerce américain. La somme des ventes réalisées par le million de sites clients aurait approché en 2020 les 120 milliards de dollars, soit près de 40 % du volume d'affaires de la *marketplace* d'Amazon[2]. L'entreprise a vu son chiffre d'affaires progresser de 110 % au premier trimestre 2021 par rapport à la même période de l'année précédente. En 2020, ses profits ont été multipliés par 4 et le cours de l'action par 3. De quoi susciter un emballement médiatique qui contribue au succès de l'entreprise, notamment auprès des TPE.

Mais comment, quand on part seul, acquérir la visibilité nécessaire dans la pléthore des offres marchandes ? Les données de la Fédération e-commerce et vente à distance (Fevad) montrent que, alors que le nombre de sites marchands continue de progresser chaque année, l'activité est de plus en plus concentrée sur les plus grands : entre 2016 et 2020, la part prise par les sites réalisant plus de 10 millions de chiffre d'affaires est passée 61 % à 74 % alors qu'ils ne représentent qu'environ 1 % du nombre total de sites. Le problème de la visibilité se pose en des termes différents selon les catégories d'acteurs. *A priori*, pas de problème pour les marques suffisamment fortes pour disposer d'une masse critique de consommateurs se dirigeant directement vers leurs sites ou, à tout le moins, *via* une

1. Shopify propose trois formules d'abonnement, associées à une palette de services plus ou moins étoffée, allant de 29 $ par mois et 2 % sur les ventes à 299 $ par mois et 0,5 % sur les ventes. À cela peut s'ajouter la facturation de services optionnels.

2. Source : MarketPlacePulse. En avril 2021, Shopify revendiquait 1,7 million de clients dans le monde.

requête explicite sur les moteurs de recherche. Un tel pouvoir n'est pas donné à tout le monde. Nike a manifestement la puissance d'attraction qui lui a permis de se retirer de la *marketplace* d'Amazon et d'observer une flambée de ses ventes sur son site propre[1]. Mais combien de marques peuvent se prévaloir d'un tel pouvoir ? Demeurer visible aux yeux des consommateurs peut nécessiter l'engagement de budgets ruineux dans le référencement sur les moteurs de recherche ou la publicité sur les réseaux sociaux, dans un contexte où la prolifération des acteurs accroît les coûts d'acquisition.

Pour autant, un des évènements le plus marquant de ces dernières années sur les marchés de consommation a été l'avènement de ce qu'il est convenu d'appeler les DNVB (pour *Digital Native Vertical Brands*)[2]. Ces marques sont présentes dans de multiples secteurs : prêt-à-porter (Sézane, Balzac, Le Slip Français, Loom), cosmétiques (Oh My Cream, Respire, Laboté), mobilier (Tip Toe, Made.com), literie (Tediber, Casper), alimentaire (Galia Paris, Feed). Elles partagent le fait d'entrer sur le marché à partir d'une catégorie de produits relativement étroite (d'où *vertical brands*). Cette entrée est effectuée en ligne (d'où *digital native*). Mais, pas question de se faire référencer chez un distributeur ou de s'implanter sur une *marketplace* ; il leur est indispensable de maîtriser totalement la commercialisation des produits et, plus encore, la relation avec les clients. Car c'est là qu'en général l'essentiel se joue. Ces acteurs

1. Les ventes directes de Nike représentent désormais 35 % des ventes totales et les responsables de la marque anticipent que cette part devrait atteindre les 50 % en 2025.

2. Jean-Laurent Cassely, *Les Petites Marques passent à l'attaque !*, Étude l'ObSoCo, 2020.

ont exploré de nouvelles formes de communication et de relation clients. Elles reposent fortement sur les réseaux sociaux et les influenceurs, mais aussi sur un ton horizontal cherchant à développer une forme de connivence avec les consommateurs visés, généralement autour de valeurs d'authenticité et/ou de responsabilité, auxquelles se montre particulièrement sensible le segment de millennials à haut niveau d'éducation[1]. Cependant, le succès de certaines a créé de nombreuses vocations, et le marché est désormais encombré, ce qui pose de nouveau la question de l'inflation des coûts d'acquisition.

Le succès de Shopify a peu à voir avec celui des DNVB. Il peut s'expliquer notamment au travers des deux points suivants. Tout d'abord, beaucoup de TPE ayant rejoint le prestataire l'ont fait dans le contexte de la crise sanitaire, moins pour nourrir leur croissance par la conquête de nouveaux clients que pour maintenir le lien avec des clients entravés dans leur capacité à entrer en contact avec elles. Plus largement, pour elles, le e-commerce est d'abord un moyen d'enrichir le service rendu à la clientèle. De ce point de vue, avoir son propre site, à sa main, facile à piloter et peu coûteux, est plus pertinent que de prendre place au sein de la *marketplace* des géants du e-commerce. Mais il y a aussi que Shopify aide ses clients (marques ou commerces) à améliorer leur visibilité, par l'assistance au référencement, mais aussi en simplifiant leur connexion aux places de marché et, notamment, par l'exploitation des canaux que sont en train d'ouvrir les réseaux sociaux. En mai 2020, Shopify a annoncé un accord avec Facebook dans le cadre du lancement de Facebook Shop ; à peu près

1. J.-L. Cassely, *No fake. Contre-histoire de notre quête d'authenticité*, Paris, Arkhê, 2019.

au même moment, un accord du même type est passé avec Pinterest, puis, en juin, avec TikTok. Shopify entend ainsi contribuer à faciliter l'accès de ses clients à ce qu'il est convenu d'appeler le commerce social qui, par la possibilité qu'il offre de ciblages très fins, peut permettre à de petits acteurs de rencontrer leur public à un coût raisonnable. Shopify joue ainsi le rôle de rabatteur de marchands-annonceurs pour le compte des grandes plateformes qui entendent concurrencer Amazon mais par un modèle très différent, tant sur le plan de la proposition de valeur pour les consommateurs que sur celui du modèle de revenu (ici centré sur les recettes publicitaires).

Shopify, comme l'ensemble des prestataires du même type (Wix, WooCommerce, BigCommerce, ou les Français Dropizi ou Shop Application), a manifestement bénéficié du contexte de la crise sanitaire. Les prochains mois diront dans quelle mesure l'essai aura été ou non transformé. Il est d'ores et déjà clair que cet afflux d'un nombre important de nouveaux sites marchands est de nature à renforcer la problématique de la visibilité. Disposer d'un site de vente en ligne est une chose, être en mesure d'offrir à ses clients une expérience d'achat à la hauteur des standards que les leaders ont su imposer en est une autre. On ne peut exclure que nombre de ces petits sites s'adressant directement aux consommateurs ne finissent par rejoindre les grandes places de marché. Au terme d'un accord entre Shopify et Walmart conclu en juin 2020, des magasins Shopify ont commencé de migrer vers la *marketplace* du leader mondial de la distribution. Et l'accord, récemment conclu avec Google, leur ouvre grand les portes de Google Shopping. Ainsi, si Shopify se montre actif dans la résistance à Amazon, il participe pleinement au mouvement de plateformisation.

Enfin, il n'est pas impossible que Shopify évolue progressivement du statut de simple prestataire – invisible par le consommateur final – à celui de *marketplace*. La palette de services proposée à ses clients s'enrichit régulièrement. Depuis 2019, Shopify a développé un réseau de partenaires logistiques lui permettant de proposer à ses clients un service de gestion des stocks et de livraison alternatif à celui d'Amazon. Shopify a également déployé un service de paiement : Shop Pay. Lancé en 2017, Shop Pay simplifie la finalisation de la transaction pour les consommateurs par l'utilisation des paramètres de leur compte (moyens de paiement, coordonnées, adresses de livraison, etc.) quel que soit le marchand chez qui l'achat est réalisé. Par ce biais, les consommateurs sont désormais reliés directement à l'entreprise canadienne. Dans le courant de 2021, Shop Pay sera implanté sur Facebook et Instagram, permettant aux utilisateurs de ne pas avoir à sortir de l'application pour finaliser un achat sur le site de la marque. En 2020, Shopify a également lancé (aux États-Unis et au Canada) une application grand public, Shop. Elle donne accès à l'offre de l'ensemble des marchands partenaires. Un filtre permet de localiser les marchands situés à proximité. L'utilisateur peut choisir de recevoir des recommandations et des offres personnalisées. Les transactions – qui peuvent être finalisées *via* Shop Pay – supposent cependant de quitter l'application pour accéder à la boutique du marchand. De même, il n'est pas possible de consolider les achats auprès de marchands différents dans un même panier. Cette application ne suffit donc pas à faire de Shopify une véritable *marketplace*. Il n'en demeure pas moins que, après avoir concentré sa démarche vers le recrutement des marchands, Shopify semble avoir conscience de la nécessité de s'intéresser à l'autre versant du marché, les consommateurs, à défaut de quoi nombre de ses clients risquent de faire le constat amer qu'un joli site de vente en ligne, même équipé d'outils performants de pilotage, ne suffit pas à trouver son public.

Au final, l'approche « direct consommateur », à travers son propre site et sans l'appui d'une *marketplace* semble ne pouvoir être une option que dans une gamme étroite de situations :

– Une grande marque à très forte notoriété qui, à l'instar de ce que l'on connaît dans le commerce physique, jouit d'être une destination sur le web ;

– Une marque de niche très différenciée s'adressant à une cible étroitement définie avec laquelle la marque aura su créer un dialogue (notamment *via* les réseaux sociaux) ;

– Des commerçants ou des marques de PME qui voient dans leur présence en ligne, non un instrument de conquête, mais un vecteur d'enrichissement du service rendu à leur clientèle.

Jouer la carte de la marketplace *spécialisée*

La puissance du modèle de la *marketplace* a de quoi susciter des vocations. Je ne reviendrai pas sur la difficulté qu'il y aurait à prendre de front les leaders en place. Jouer la carte de la spécialisation peut cependant constituer une voie alternative.

L'une des faiblesses des *marketplaces* généralistes est… leur caractère généraliste ! Un peu à l'image des hypermarchés, il les conduit à traiter les différents univers de consommation sur le même ton et à avoir des difficultés à faire que la « marque » soit en mesure de véhiculer un imaginaire, des valeurs, des engagements, de nature à rehausser la valeur client perçue de chaque univers. Par exemple, dans le commerce physique, il est plus facile pour Naturalia ou Biocoop de nourrir un immatériel associé au bio que pour Carrefour et Auchan. Spécialiser une *marketplace* donne les coudées franches pour développer un immatériel étroitement adapté à l'univers de consommation et au positionnement retenus, de l'image de la marque au design du site, jusqu'aux manières d'établir et de nourrir le lien avec les clients, au-delà des aspects strictement transactionnels. Les sites peuvent alors s'enrichir d'un contenu éditorial, mettre en valeur une expertise, stimuler les interactions entre les clients dans une perspective communautaire contribuant à nourrir le site de contenus produits par la communauté. L'ensemble de ces éléments est porteur, aux yeux des consommateurs, d'éléments de différenciation par rapport aux « rayons » équivalents des plateformes généralistes ; ils sont ainsi susceptibles de conduire à un attachement émotionnel et à une fidélité attitudinale. À cela peut s'ajouter une meilleure capacité d'attraction de certaines marques spécialisées trouvant plus valorisant d'être exposées dans un environnement dédié.

Les *marketplaces* spécialisées peuvent être créées à l'initiative de start-up ou bien d'enseignes ou de marques spécialisées (qui sont, au final, bien plus nombreuses que les marques et enseignes généralistes), marques qui ont l'avantage de démarrer avec un certain capital de notoriété, de crédibilité, voire de fidélité.

Les exemples de réussite sont relativement nombreux, mais à ce jour, tous sont attachés à des *pure players*. Évoquons quelques cas exemplaires issus de différents univers de consommation.

MANOMANO

Créé en 2013, ManoMano s'est d'entrée de jeu positionné comme un *pure player* de la *marketplace*. Cette start-up a su tirer profit du peu d'empressement des leaders de la distribution du bricolage à développer la vente en ligne. Le succès a été très rapide, et soutenu par la réussite de plusieurs levées de fonds. Son offre est rapidement montée en régime. Début 2021, elle couvre 10 millions de références fournies par 3 600 vendeurs. De quoi répondre aux besoins les plus pointus dans cet univers de consommation. Ainsi, 3 538 modèles sont proposés en réponse à la requête « robinet de cuisine »[1]. Avec un volume de vente de 1,2 milliard d'euros en 2020, qui a doublé par rapport à 2019, ManoMano se présente sur son site comme « le leader européen du bricolage, de la maison, et du jardin en ligne ».

ManoMano a également compris de manière précoce l'enjeu de la maîtrise de la logistique, en particulier dans un secteur où les fournisseurs sont majoritairement des PME, pas toujours en mesure d'assurer par elles-mêmes une qualité de service à la hauteur des standards imposés par les leaders du e-commerce. Les investissements consentis et l'expertise acquise par ManoMano en la matière lui permettent de faire de son offre de *fulfillment* une source croissante de revenus. L'entreprise dit être rentable (sur son activité grand public en France) depuis 2019.

La force de ManoMano ne vient pas seulement de la richesse de son offre. Sa spécialisation lui permet de développer une dimension éditoriale et de conseil, notamment au travers des « Manodvisors », des experts sélectionnés et rémunérés par une commission sur les ventes réalisées à l'issue d'un échange avec des clients. 2,3 millions de « conversations » auraient été ainsi engagées en 2020. À l'heure de la généralisation des chatbots, il y a là matière à réflexion.

Réalisant déjà 40 % de son chiffre d'affaires à l'étranger, l'international est, avec le marché des « pros », l'axe de croissance que s'est donné l'entreprise pour les prochaines années.

1. 60 000 sur Amazon.fr.

ETSY

Etsy est une entreprise américaine créée en 2005. Il s'agit d'une place de marché un peu particulière puisque les marchands sont ici des créateurs qui commercialisent des objets faits main. Bénéficiant de la vague du *do it yourself* et du *vintage*, la réussite est spectaculaire. Le milliard de dollars de chiffre d'affaires est atteint dès 2013, mais la rentabilité tarde à venir. Etsy a progressivement pris un peu de distance avec son concept d'origine en acceptant la commercialisation de produits fabriqués en série, à condition cependant qu'ils aient été conçus par un créateur. Cela ne semble pas avoir nuit à son activité. Sur son site institutionnel, Etsy revendique 4,5 millions de vendeurs actifs et 90 millions de clients actifs[1]. L'activité de la *marketplace* a plus que doublé en 2020 (et pas seulement en raison de l'engagement de nombreux vendeurs dans la production de masques) pour franchir le seuil des 10 milliards de dollars (pour un chiffre d'affaires de 1,7 milliard de dollars). L'entreprise est désormais rentable et a même affiché en 2020 un résultat net correspondant à 20 % de son chiffre d'affaires. Cette croissance s'appuie sur des dépenses marketing conséquentes. En dépit de l'indéniable notoriété de la marque dans son domaine, les dépenses marketing ont représenté, en 2020, un montant équivalent à 5 % du volume de vente. On imagine le poids du marketing

1. Le site Marketplace Pulse recense 10 millions de vendeurs en avril 2021, soit un gain de 3 millions en un an. Nombreux sont ceux, parmi eux, dont le volume d'activité est nul ou infime. Ces chiffres englobent ceux de Reverb, un site de vente d'instruments de musique neufs et d'occasion dont Esty a pris le contrôle en 2019.

en pourcentage du chiffre d'affaires pour les sites et les *marketplaces* n'ayant pas cette notoriété…

Le succès d'Etsy réside dans l'extrême différenciation de son offre, qui découle de sa nature. L'entreprise met en avant les résultats d'un sondage auprès des acheteurs qui révèle que 88 % d'entre eux estiment que les articles vendus sur le site ne se trouvent nulle part ailleurs. La dimension communautaire est également très présente. Les vendeurs ont la possibilité de poster des vidéos dans lesquelles ils expliquent leur démarche, se montrent au travail, etc.

Le succès d'Etsy – aujourd'hui présent dans 7 pays, dont la France – a attiré l'attention d'Amazon sur ce marché, conduisant au lancement d'Amazon Handmade en 2016. Outre la gigantesque vitrine qu'Amazon est en mesure d'offrir aux créateurs, il leur propose également de prendre en charge leur logistique (ce que ne fait pas Etsy). Les informations sur l'activité de cette place de marché sont pour le moins limitées. En tout état de cause, la concurrence d'Amazon Handmade ne semble pas avoir été en mesure de compromettre la viabilité d'Esty, ni même de s'opposer à sa forte croissance.

ZALANDO

L'Allemand Zalando, créé en 2008, est à l'origine un distributeur en ligne de chaussures. Aujourd'hui présent dans 17 pays, il a progressivement étendu son offre en largeur (vêtements, accessoires, beauté) et en profondeur grâce notamment à l'ouverture en 2015 d'une place de marché (appelée « plateforme pour partenaires »). L'entreprise est cotée en bourse depuis 2014. Elle est présentée comme le leader européen de la vente en ligne de mode.

En France, au cours du premier semestre 2020, le site Allemand a ravi à Amazon la place de n° 1 sur le segment de la mode, avec 6,2 % de parts de marché – ex-aequo avec Veepee (ex Ventes Privées)[1].

En 2020, Zalando revendique 39 millions de clients actifs pour un volume d'affaires de 10,7 milliards d'euros, en croissance de 30 % par rapport à l'année précédente, dont plus de 50 % sont réalisés à l'international. Et la croissance s'accélère encore, avec une progression de 55 % du volume de ventes au cours du premier trimestre de 2021 en glissement annuel. Une croissance tirée par la montée en puissance de la place de marché. Le site commercialise 4 000 marques pour 890 000 références mais la *marketplace* ne pèse encore que pour un quart du volume de ventes. L'objectif annoncé est de faire passer cette part à 50 % d'ici 2025. Comme les autres grandes places de marché, Zalando propose à ses partenaires (marques ou enseignes) une solution de *fulfillment* (internalisée) ainsi qu'une gamme de service marketing s'appuyant sur son cloud.

La stratégie affichée par Zalando est de s'imposer comme destination mode par la richesse de son offre et l'excellence du service, objectif soutenu par d'importantes dépenses de publicité *online* et *offline*. Le site français revendique « la plus grande sélection mode et tendance en Europe ». Il peut s'appuyer pour cela sur la présence de grandes marques, comme Adidas, Lacoste, Calvin Klein, Nike, Levi's, etc., dont certains produits sont vendus en exclusivité, ainsi que des marques-enseignes comme Bershka ou C&A, et des marques de créateurs. Il joue également sur la vitesse de renouvellement de l'offre (selon le site institutionnel, en 2020, 2 300 nouvelles références ont été introduites chaque

1. Source : Kantar.

jour). L'entreprise surfe également sur les tendances sociétales, avec la mise en avant d'un large ensemble de produits écoresponsables et l'ouverture d'un espace seconde main au cours de l'automne 2020. Enfin, la marque développe une approche communautaire, notamment au travers du soutien d'influenceurs.

En 2020, le résultat net ne représentait encore que 2,8 % du chiffre d'affaires – en progression par rapport à l'année précédente (1,5 %) – mais assurait un rendement des capitaux investis de 10 %.

Les grandes enseignes spécialisées de la distribution française ont pris un sérieux retard dans l'assaut du marché des *marketplaces* (voire même, parfois, dans l'exploitation des opportunités ouvertes par la simple vente en ligne). Comme on l'a vu, nombreuses sont celles qui ont récemment pris le train en marche. Le terrain est parfois déjà occupé par des *pure players*, dont certains occupent des positions de force. Elles ont cependant pour elles de pouvoir compter sur leur notoriété et leur capital de clientèle, ce qui devrait les aider à atteindre la masse critique du côté des consommateurs. Sur l'autre versant du marché, elles bénéficient également d'une offre préexistante en tant que distributeurs. Il leur faudra rapidement la compléter par l'attraction de vendeurs tiers, tout en veillant à mettre en place une gouvernance de la *marketplace* qui, tout à la fois, assure que leur capital immatériel ne soit pas mis en danger par des comportements inadaptés de la part des marchands, et qui rassure ces derniers quant au risque d'une concurrence déloyale de la part du distributeur/opérateur de la *marketplace*.

La messe n'est pas encore dite dans l'alimentaire

L'alimentaire a longtemps été le parent pauvre du e-commerce. En 2019, en France, la part des ventes en ligne sur le marché des produits de grande consommation (alimentaire, produits d'hygiène beauté) peinait à atteindre 6 %, contre 10 % à l'échelle de l'ensemble du commerce de détail mais plus de 25 % pour les produits techniques, 20 % pour l'électroménager et les produits culturels, près de 15 % de l'habillement. Sur ces 6 %, le drive se taillait la part du lion, les livraisons à domicile plafonnant autour de 1 %. Les raisons de cette spécificité de l'alimentaire sont à rechercher, bien sûr, du côté des contraintes logistiques : un bouquet hétérogène de produits, soumis pour certains à des contraintes drastiques de respect de la chaîne du froid, dans un contexte de marges tendues, et alors que les coûts de manutention et de transport sont, dans le modèle traditionnel de la grande surface, externalisés auprès des consommateurs. Cet argument est, en apparence, peu discutable, mais comme l'était l'idée qui a longtemps régné selon laquelle le e-commerce ne décollerait jamais dans le secteur de l'habillement en raison du besoin d'essayer les produits. Il cache en fait une autre raison, moins avouable, du retard observé dans l'alimentaire. Contrairement aux autres secteurs de la distribution, les distributeurs alimentaires, longtemps, n'ont pas été sérieusement menacés par des *pure players* du e-commerce. Les quelques start-up qui s'étaient positionnées sur ce marché à la fin des années 1990 ont toutes été balayées avec l'éclatement de la bulle Internet : difficile d'être compétitif sur les prix des produits de grande consommation lorsque l'on part de rien et que l'on ne peut s'appuyer sur le pouvoir de négociation et de massification de puissantes centrales d'achat. Abrités de la menace de l'entrée de « nouveaux barbares », nos distributeurs se sont contentés du service minimum en matière d'un e-commerce dont le développement aurait eu pour effet de contribuer à la baisse de fréquentation de leurs magasins.

La crise sanitaire a brutalement changé la donne. Même si les magasins d'alimentation ont été autorisés à ouvrir durant les confinements, une mobilité entravée, associée à la crainte de la contamination a incité nombre de consommateurs à avoir recours à l'achat en ligne. Selon l'ObSoCo, en décembre 2020, 43 % des internautes interrogés déclaraient avoir réalisé des courses alimentaires en ligne depuis le début de la crise sanitaire, dont 8 % qui ont fait leur première expérience de ce circuit à cette occasion. Cet engagement massif vers l'achat en ligne a bénéficié tout à la fois au drive et à la livraison à domicile, et, au cœur du premier confinement, leurs ventes auraient pu être plus importantes encore si les acteurs du secteur n'avaient pas buté sur les limites de leurs capacités. Selon Nielsen, l'année 2020 s'est soldée par une part du e-commerce en croissance de 2 points, à 7,8 %, soit un gain en une année qui correspond à la croissance enregistrée sur l'ensemble des quatre années précédentes. Mais, au-delà des chiffres, le plus important est sans doute qu'un verrou cognitif a sauté.

Durant près de vingt ans, les acteurs de la grande distribution alimentaire n'ont joué le e-commerce que sur le mode mineur. L'invention du drive en 2004 dans la mouvance d'Auchan a provoqué – une fois établi que ce concept rencontrait bien une demande – une véritable course aux ouvertures à laquelle aucun distributeur ne semblait pouvoir se soustraire. Cet hybride entre le e-commerce et le commerce physique s'est révélé plus compatible avec l'économie, mais aussi les visions du monde des acteurs de la distribution alimentaire. Il n'a cependant pas remis en question – bien au contraire – l'idée selon laquelle le e-commerce avec livraison à domicile ne serait jamais plus qu'une niche. Les initiatives en la matière menées au cours des dernières années à l'étranger, aux États-Unis et en Chine en particulier (notamment à l'initiative d'Amazon et d'Alibaba, mais aussi de Walmart), avaient commencé à éveiller les consciences. Mais c'est surtout l'envolée de l'activité durant la crise sanitaire qui a, semble-t-il, fait tomber ces barrières.

Le combat pour la conquête des consommateurs en ligne est donc engagé. À ce jour, les leaders mondiaux du e-commerce n'y occupent pas (encore) une position de force comme dans le non-alimentaire. Les produits de grande consommation ne pèseraient que pour moins de 10 % dans les ventes d'Amazon en France[1]. Le jeu semble encore ouvert. Et dans ce jeu, les distributeurs « traditionnels » disposent de deux atouts de poids : un réseau dense de points de vente susceptibles de servir de relais pour une livraison rapide aux clients, en cours de consolidation au

1. Source : Foxintelligence.

travers de la concurrence farouche qu'ils se livrent pour mailler les territoires urbains de drives piéton[1], et la puissance d'achat constituée pour le réseau physique, gage de compétitivité-prix pour la vente en ligne[2].

Cet avantage, dont bénéficient les distributeurs, pourrait cependant n'être que de courte durée, pour au moins deux raisons.

D'abord, Amazon (parce que c'est bien de là que vient pour l'instant la plus grande menace) dispose des moyens nécessaires pour assurer le déploiement rapide d'entrepôts de proximité, dont l'implantation aura été pensée par rapport à la nature de la logistique de cette activité, ce qui n'est pas nécessairement le cas d'un réseau de points de vente implantés selon une autre logique.

Ensuite, parce qu'Amazon aux États-Unis, et Alibaba en Chine, ont révélé au cours des toutes dernières années leurs ambitions dans le commerce physique, alimentaire en particulier. Il n'est cependant pas certain que l'excellence de leurs compétences en matière d'e-commerce et de gestion de *marketplace* soit transposable à l'exploitation de réseaux de points de vente. D'ailleurs, les résultats en 2020 de l'activité commerce physique d'Amazon (pour l'essentiel aux États-Unis) se sont révélés décevants, accusant une baisse de 8 % alors que la distribution alimentaire dans son ensemble voyait ses ventes boostées par les conséquences de la crise sanitaire sur les comportements de consommation. En France, Amazon a annoncé, début 2021, la

1. Morgan Leclerc, « La bataille du drive piéton s'accentue dans les centres-ville de France », *LSA*, 26 avril 2021 (consultable en ligne).

2. Les acteurs de la grande distribution commencent même à voir dans le développement du e-commerce une manière de gérer la crise des hypermarchés en transformant une partie de leurs surfaces en ateliers de préparation des commandes.

réorganisation de son traitement du marché alimentaire en livraison rapide en s'appuyant davantage sur Monoprix, ce que d'aucuns ont interprété – peut-être un peu vite – comme un aveu d'échec. L'avenir dira si ce ne sont là que de simples manifestations d'un processus de tâtonnement, probablement inévitable lorsqu'il s'agit d'acquérir de nouvelles compétences dans des champs peu familiers. Ce qui est déjà perceptible est que les géants du e-commerce témoignent de cette faculté d'appréhender le commerce en magasin de manière différente, en exploitant leur maîtrise technologique pour optimiser l'expérience client et exploiter de nouvelles sources de données. À l'heure où le microcosme du commerce et de la consommation est acquis à l'idée que l'avenir est au « phygital », ils disposent manifestement d'atouts majeurs dans leur jeu. Enfin, gardons à l'esprit que la masse de profits qu'accumulent ces géants leur ouvre la possibilité de se porter acquéreur d'un réseau de distribution déjà en place s'ils le jugeaient opportun, comme en ont déjà témoigné Amazon (avec le rachat de Whole Foods en 2017 pour 14 milliards de dollars) et Alibaba (avec la prise de contrôle en 2020 de Sun Art et de ses 486 hypermarchés). Mais peut-être la France sera-t-elle protégée d'un tel scénario en vertu d'un décret ajouté à la loi Pacte permettant d'empêcher les opérations risquant de nuire à la sécurité alimentaire de la nation. Un tel argument a bel et bien été mis en avant pour empêcher le rachat de Carrefour par le canadien Couche-Tard, qui faisait pourtant bonne figure sous tous rapports. Alors, on imagine s'il devait s'agir d'Amazon ou d'Alibaba…

Le pire des scénarios serait que se diffuse la croyance selon laquelle les *pure players* du e-commerce sont mal armés pour se saisir du commerce alimentaire physique, voire même pour occuper une position dominante sur la vente en ligne en la matière. L'expérience nous a appris que le *statu quo* peut être très rapidement déstabilisé et provoquer des ruptures difficilement réversibles. Si Amazon ne se montre pas jusque-là très agressif sur le marché des produits de grande consommation en France, il est plus volontaire ailleurs en Europe avec, en particulier, l'accélération du déploiement de son offre de vente en ligne avec livraison express Amazon Fresh : en Espagne, depuis 2021, à Madrid et Barcelone pour commencer, mais toutes les grandes villes sont visées ; en Italie, avec une première ouverture à Milan, début 2021 ; au Royaume-Uni enfin, avec l'ouverture de trois magasins Amazon Fresh sans caisses, à Londres, en 2021. Car, en effet, à l'image de ce qu'Alibaba fait en Chine, Amazon revisite la grande surface alimentaire avec des technologies de pointe favorisant la fluidification du parcours d'achat, et permettant d'alimenter ses immenses entrepôts de données. Ainsi, Amazon installe progressivement ses bases logistiques qui lui permettront de servir tant ses clients en ligne que, demain, ses magasins. Les accords passés avec des enseignes de la distribution alimentaire (Monoprix en France, Dia en Espagne, etc.) lui permettent d'apprendre sur les comportements et attentes des consommateurs. Et l'entreprise nous a montré dans le passé qu'elle savait se montrer patiente.

Autre point d'alerte : l'émergence soudaine du *quick commerce*. En seulement quelques mois, près d'une dizaine de start-up françaises ou étrangères (Cajoo, Frichti, Gorillas, Kol, etc.) ont révélé un marché (probablement de niche) pour un service de livraison des courses alimentaires dans un délai de dix à vingt minutes à partir de la validation de la commande. Cette prouesse n'est possible qu'en zones urbaines très denses et implique de mailler le territoire d'entrepôts de proximité (des *dark stores*). On est en droit de s'interroger sur la viabilité du modèle économique. Mais force est de constater que ce sont des start-up, et non les groupes de la grande distribution, qui ont lancé ce concept à rebrousse-poil des croyances du microcosme. Et peut-être y a-t-il parmi elles un futur Amazon qui étendra et diversifiera progressivement son approche des consommateurs.

Il est donc urgent pour nos distributeurs alimentaires de transformer l'essai réalisé durant la crise sanitaire, d'accélérer le déploiement des capacités, d'optimiser les entrepôts et l'organisation logistique, de communiquer auprès des consommateurs, de recruter de nouveaux clients et de fidéliser les clients existants, de créer de nouveaux services et d'exploiter au mieux les synergies entre le virtuel et le physique. Les géants du e-commerce peuvent être une source d'inspiration. L'ouverture de l'offre à des marchands tiers au travers du développement d'une *marketplace* peut être un moyen, par l'extension et la diversification de l'offre, d'exploiter à son avantage les rendements croissants au cœur du modèle économique. Mi-2020, Carrefour a doté son site e-commerce d'une *marketplace* alimentaire, orientée notamment vers des produits locaux de PME. À ce jour, il appartient aux vendeurs d'honorer les commandes et d'assurer la livraison, et aux clients de payer des frais de livraison supplémentaires (d'un montant non négigeable). Casino lui a emboité le pas en 2021. L'enseigne stéphanoise pourra compter sur l'expérience acquise par Cdiscount, dont la *marketplace* alimentaire a été lancée dès 2011, et qui propose à ses marchands un service de *fulfillment*.

Les plateformes locales

Une autre manière de participer à la plateformisation des marchés est en train de s'affirmer *via* des plateformes locales.

Si des expérimentations de plateformes locales ont été conduites, ici et là, il y a déjà de longues années, à l'initiative de collectivités locales ou de chambres de commerce, peu ont débouché sur un franc succès, voire une simple pérennité[1].

La crise sanitaire a cependant été, ici aussi, un formidable accélérateur. Collectivités locales, start-up, prestataires de services, associations se sont mobilisés pour faciliter l'accès des petits commerces (mais aussi des artisans et des restaurateurs) aux consommateurs face aux restrictions pesant sur l'ouverture des points de vente. Cette

1. La CCI de Grenoble semble avoir été pionnière en la matière avec une première initiative en 1999 (s'apparentant davantage à un annuaire qu'à un site de vente en ligne) qui a été suivie par d'autres chambres de commerce sous l'étiquette « AchatVille ». En 2012, ces initiatives ont débouché sur la création de l'Association AchatVille. Le bilan à date est modeste : selon le site de l'association, 800 commerçants disposent d'une boutique dans l'une des 20 plateformes locales pour un volume d'affaires de 1,4 million d'euros.

dynamique a été encouragée par le gouvernement. En novembre 2020, dans le cadre du plan de relance, a été lancé le site « Clique Mon Commerce », en partenariat avec Bpifrance et la Banque des territoires. Le site référence des solutions de digitalisation labellisées, dont un vaste ensemble de places de marché locales, classées par région. Commerçants et artisans peuvent bénéficier d'une subvention de 500 € pour les encourager à investir dans cette démarche, alors qu'en parallèle les collectivités qui envisagent de se lancer dans la création d'une plateforme locale peuvent recevoir une aide de 20 000 €, pour un budget total de 60 millions d'euros.

À ma connaissance, aucune source ne recense l'ensemble des *marketplaces* locales existantes à ce jour. Elles se comptent sûrement en centaines, présentant une grande diversité d'acteurs aux commandes et de services proposés aux marchands et aux consommateurs. Et c'est bien là le problème.

Qu'elles soient locales ou nationales, les *marketplaces* réclament pour assurer leur viabilité une masse critique permettant de générer les effets réseaux attendus. Et l'atteinte de cette masse critique suppose de pouvoir embarquer rapidement, et de manière parallèle, marchands et consommateurs, à défaut de quoi la plateforme subit la malédiction du verrouillage à bas régime[1].

C'est *a priori* le versant de l'offre qu'il convient de faire monter en priorité, tant les obstacles à l'enrôlement des petits commerçants dans ce type de démarche sont

1. En novembre 2019, *Le Républicain lorrain* faisait le bilan de la mise en place de la plateforme Ma-Ville-Mon-Shopping à Forbach six mois auparavant. Sur plus de 200 commerces que compte le centre-ville, seuls 28 avaient adhéré à la démarche. À la question posée à ses lecteurs de savoir si « l'appli est utile », 78 % des 644 répondants ont répondu « non ».

nombreux. La crise sanitaire a cependant été un facteur favorable et a convaincu nombre d'entre eux de franchir le pas, d'autant qu'ils ont pu bénéficier d'aides publiques ou de conditions favorables de la part des prestataires, au moins pour les premiers temps. La pérennité de leur présence dépendra de la réalité du volume d'affaires réalisé en contrepartie du coût et, surtout, de la charge de travail que représente la participation à une *marketplace*.

Dans cette nébuleuse d'initiatives, un acteur – de poids – se détache qui semble disposer d'atouts susceptibles de lui permettre de transformer l'essai : le groupe La Poste.

Ma-Ville-Mon-Shopping a été lancé en 2017 avant de passer dans le giron de La Poste en 2018. L'offre est destinée aux commerçants indépendants. Elle consiste à leur donner accès à l'infrastructure numérique permettant d'exposer leur offre en quelques clics, à des outils de gestion de base, à un système de paiement sécurisé, ainsi qu'à la possibilité de faire livrer leurs produits aux clients de proximité par les facteurs pour la modique somme de cinq euros, que le commerçant peut décider de répercuter ou non à ses clients. L'originalité de la démarche de La Poste est la mise en place de partenariats avec les collectivités locales ou les chambres consulaires, lesquelles contribuent à la sensibilisation des commerçants, à l'accompagnement dans les premiers pas et dans la prise en charge d'une partie des coûts pour les commerçants (la commission sur les ventes est ramenée de 9 % à 5 % lorsqu'un partenariat a été conclu) ou pour les consommateurs (livraison offerte, opérations promotionnelles). La conjugaison de la confiance, qu'est susceptible d'inspirer un acteur comme La Poste, et du soutien des collectivités locales fait que le bilan à date est plutôt flatteur. Sur sa page Facebook, Ma-Ville-Mon-Shopping décompte, au

13 avril 2021, des partenariats avec 6 départements (et leurs communes) ainsi qu'avec 76 communes ou structures intercommunales. Il y est également dressé le bilan de l'année 2020 : la démarche a embarqué 12 000 boutiques pour plus de 130 000 produits en ligne. On y apprend aussi que, depuis mars 2020, 7,5 millions de pages ont été vues par plus de 860 000 visiteurs. Pour remettre les choses à leur place, c'est à peu près dix fois moins que ce qu'enregistre Amazon en une journée, et autant que la fréquentation quotidienne du site de Boulanger. Sur les deux derniers mois de l'année, 8 430 commandes ont été passées. Si la progression est sans doute spectaculaire, la performance commerciale du dispositif est encore modeste. Au risque de décourager commerçants et consommateurs.

La visite des places de marché locales de Ma-Ville-Mon-Shopping révèle rapidement les limites de la démarche. La plupart des commerçants n'y propose qu'un très petit nombre de produits (souvent moins d'une dizaine). Les fiches produits sont, le plus souvent, des plus rudimentaires et les photos rares. Ce qui fait la force des grandes *marketplaces* fait ici défaut : abondance de l'offre, richesse de l'information, notes et avis de consommateurs, algorithme de recommandation… Et ce qui est vrai de Ma-Ville-Mon-Shopping l'est également de la plupart des *marketplaces* locales. Et, de fait, la réalité de leur fréquentation est bien moindre que l'écho que les médias leur ont donné. Selon l'ObSoCo, en avril 2021, 18 % des Français interrogés affirmaient avoir passé commande, ou acheté sur Internet, auprès d'artisans ou de commerçants indépendants de leur quartier ou de leur ville depuis le début de la crise sanitaire (une proportion sensiblement croissante avec le niveau de diplôme). Le site de vente en ligne du commerçant est, de loin, la première modalité de ce type d'achat en ligne (68 % des 18 % précédents). Ils ne sont que 17 % (soit 3 % des Français de 18 à 75 ans) à être passés par « une plateforme locale (place de marché) rassemblant des commerçants de la ville », soit moins que les 38 % ayant fréquenté « une grande plateforme (place de marché) généraliste comme Amazon, Cdiscount, eBay... ». Seulement 14 % des Français interrogés déclarent qu'il existe, à l'échelle de leur ville ou de leur quartier, ce type de place de marché. Mais 43 % reconnaissent qu'ils n'en savent rien. Et sur les 14 % qui signalent l'existence d'une *marketplace* locale, seulement 39 % y ont fait des achats, dont 16 % régulièrement. 28 % affirment ne l'avoir pas même visité. Deux points positifs cependant : les personnes ayant procédé à des achats sur une *marketplace* locale se montrent satisfaites de leur expérience, et les deux tiers affirment leur attention d'y faire de plus en plus souvent des achats.

Autrement dit, la plupart des places de marché locales existantes à ce jour auront bien du mal à détourner les consommateurs habitués des *marketplaces* leaders. Leur principal (seul ?) atout est d'être en mesure de répondre au désir de certains consommateurs de donner du sens à leurs achats en soutenant des commerces indépendants locaux et en évitant de faire parcourir de longues distances aux produits achetés en ligne. Le désir d'apporter son soutien aux commerçants de sa ville ou de son quartier est particulièrement fort dans le contexte de la crise sanitaire, et en particulier durant les périodes de confinement ayant conduit à la fermeture des boutiques. Que restera-t-il de ces dispositions une fois passée la crise et la vie commerciale revenue à son régime ordinaire ? Le faible volume de commandes additionnelles ne risque-t-il pas de décourager les commerçants et les dissuader de consacrer un temps déjà trop rare à étendre (ou, au minimum, à entretenir) leur offre en ligne, à en améliorer la mise en valeur ? On voit de là se dessiner le cercle vicieux du reflux. Ajoutons que de nombreux commerçants ont fait le choix de rejoindre les grandes *marketplaces* et que, pour eux, le *multi homing* est une pratique particulièrement coûteuse (ce qui fait aussi que la prolifération de plateformes locales concurrentes ne pourra pas durer). Google Shopping offre la possibilité de filtrer les produits proposés selon qu'ils sont ou non « disponibles à proximité », et Cdiscount de filtrer selon les villes où l'on peut retirer le produit en magasin. Le site d'Amazon ne dispose pas de cette fonctionnalité. Nul doute que l'Américain sera en mesure de permettre à ses clients d'identifier les marchands de sa ville ou de sa région s'il finit par le considérer comme pertinent. Pour les grandes plateformes, mettre en avant les commerçants locaux n'est donc pas un problème et, s'il devait se confirmer que la demande en la matière est significative, il n'est pas non plus douteux qu'elles sauront déployer leurs arguments de séduction à l'égard tant des commerçants que des consommateurs. Restera le handicap de s'appeler Amazon ou Cdiscount et, à ce titre, d'incarner une certaine forme d'économie qui fait l'objet d'un rejet de la part d'une partie des consommateurs désireux de donner une portée politique à leurs achats.

Le pire n'est jamais sûr, mais si l'on souhaite faire des *marketplaces* locales des alternatives aux acteurs qui dominent le e-commerce, susceptibles de contribuer à entraver leur irrésistible ascension, il conviendrait de changer de braquet.

Voilà ce qui me semble manquer à l'essentiel des *marketplaces* locales que j'ai visitées.

Les leaders du e-commerce ont imposé des standards à la fois dans le design du site, son ergonomie, les différents aspects de l'expérience client, et dans le niveau de service qui va de l'abondance de l'information sur les produits et l'intelligence du système de recherche et de filtrage des offres, jusqu'à l'efficacité du service client, la gestion des retours, sans oublier l'animation commerciale (publicité, offres promotionnelles, communication avec les clients en dehors du site, etc.). Tout cela requiert moyens et compétences et génère des coûts – fixes, en grande partie – qui supposent un volume d'activité adapté pour pouvoir les amortir. Où l'on retrouve l'enjeu du passage du cercle vicieux de l'échec au cercle vertueux du succès.

Par définition, jamais une *marketplace* locale ne pourra rivaliser avec une *marketplace* généraliste sur le front de la richesse de l'offre. Ce handicap doit être compensé par d'autres raisons, pour les consommateurs, de la fréquenter.

Dans l'ensemble des *marketplaces* locales que j'ai visitées, les commerçants se contentent de mettre en avant une poignée de produits. Rares sont ceux qui vont au-delà en présentant leur magasin, leurs partis pris, postent une vidéo... Une *marketplace* locale ne doit pas être pensée seulement comme un canal de vente. Le commerçant qui recherche à travers sa présence en ligne à étendre sa clientèle au-delà du marché local préférera intégrer une *marketplace* généraliste qui lui donnera accès à une vaste clientèle potentielle, bien au-delà du périmètre de sa ville. La *marketplace* locale doit se positionner comme un espace relationnel favorisant l'approfondissement du lien entre le commerçant et ses clients, et l'offre de services allant au-delà de la simple vente. Peu de *marketplaces* locales offrent aux commerçants et à leurs clients la possibilité d'utiliser une messagerie instantanée permettant d'engager une conversation. Il en va de même pour les notes et avis des clients ainsi que pour la capacité pour les marchands de les solliciter. La pauvreté des contenus des *marketplaces* locales tient beaucoup au peu de temps dont disposent les commerçants pour professionnaliser leur démarche en ligne. Des outils de gestion et des offres de services d'accompagnement doivent pouvoir alléger la charge. La solution Connect proposée par Solocal, qui permet de piloter à partir d'une interface unique sa présence sur les sites de référencement et les réseaux sociaux, entre dans cette logique de facilitation et d'optimisation de la visibilité. Ce type de solution peut également permettre de glaner du contenu (notamment des avis) et de le rapatrier sur la page du commerçant au sein de la place de marché locale.

On l'aura compris, la viabilité des *marketplaces* locales dépendra de leur capacité à enrichir leur offre, à se mettre au niveau des standards du e-commerce, et à épaissir la couche servicielle et relationnelle. Est-ce suffisant ? Ces *marketplaces* ne gagneraient-elles pas en attractivité si elles s'ouvraient aux distributeurs nationaux ou internationaux présents dans la ville ou le quartier ? Après tout, les rues commerçantes, comme les centres commerciaux, ne pratiquent-ils pas ce mélange des genres ? Les commerçants indépendants n'y recherchent-il pas souvent la présence de locomotives capables de générer un flux de chalands ? Alors que les sites marchands des grandes enseignes sont de plus en plus nombreux à créer des *marketplaces*, généralement ouvertes aux TPE, les *marketplaces* locales qui s'ouvriraient aux grandes enseignes donneraient davantage de raisons aux habitants de les fréquenter, et offriraient davantage d'opportunités de ventes croisées. L'enrôlement d'une grande surface alimentaire pourrait, par exemple, permettre de proposer aux clients de récupérer les achats réalisés auprès de l'ensemble des commerçants de la *marketplace via* son drive. Resterait, bien sûr, à convaincre ces enseignes à se joindre à l'initiative alors que leur accès aux e-consommateurs est assuré par ailleurs. À l'heure où les grands acteurs de l'économie sont de plus en plus nombreux à jouer la carte de la responsabilité environnementale, sociale et sociétale et entendent s'inscrire dans le registre de la proximité, il est possible qu'une telle perspective rencontre un écho favorable, au moins auprès de certains d'entre eux, en particulier les groupements de commerçants indépendants (E.Lerclerc, Intermarché, U) dont les adhérents sont généralement très ancrés sur leur territoire.

Mais les *marketplaces* locales gagneraient sans doute, au-delà de l'activité marchande, à constituer des plateformes multifonctionnelles, qui multiplieraient les occasions de visites de la part des habitants. Les plateformes ont cette propriété de pouvoir s'emboiter les unes dans les autres. Google et Facebook sont présents sur iOS ; Momox, la plateforme mettant en relation vendeurs et acheteurs de livres d'occasion, est présent sur la *marketplace* d'Amazon. Les plateformes locales pourraient, par exemple, constituer un relais pour les plateformes collaboratives : prêt ou location de matériel entre particuliers, jobbing (prestations de services de particuliers (ou auto-entrepreneurs) à particuliers), échange de produits d'occasion, covoiturage, autopartage. Beaucoup de start-up qui se sont créées autour d'une organisation locale de ce type d'interactions entre les habitants se sont cassé le nez, faute d'avoir atteint la taille critique. L'adossement à une plateforme locale généraliste disposant des moyens de sa promotion pourrait donner à celles qui ont subsisté l'impulsion qui leur manque pour enclencher la dynamique vertueuse. Par exemple, AlloVoisins pour le jobbing, Zilok pour la location entre particuliers, Yper pour les livraisons collaboratives, OuiCar pour l'autopartage.

Je me plais ainsi à imaginer une initiative d'envergure nationale mais déployée au niveau local, qui unirait des acteurs aux compétences complémentaires, du traitement de la data à la logistique du dernier kilomètre, en passant par les solutions de paiement, la communication et le marketing relationnel. L'infrastructure ainsi créée réunirait commerçants (pas seulement les indépendants) et artisans locaux, agrégerait des offres de services aux ménages, servirait de carrefour aux pratiques collaboratives, notamment en se connectant aux API [1] des leaders du genre. Elle aurait vocation à devenir des nœuds relationnels et serviciels à l'échelle de la ville ou du quartier. Elles seraient promues au niveau national par un budget de communication conséquent, et relayées localement par les collectivités locales qui y trouveraient un espace d'information et de dialogue avec leurs administrés. Nous en sommes encore bien loin, mais une dynamique est en cours qu'il convient d'amplifier, d'organiser et de faire passer à l'échelle. Avant que les géants du numérique ne s'emparent de ce nouveau territoire. Certes, une telle initiative ne serait sans doute pas suffisante pour déstabiliser Amazon mais elle offrirait aux consommateurs / citoyens une alternative en phase avec les valeurs et les imaginaires montants.

1. *Application Programming Interface* (interface de programmation d'application).

La logique servicielle

Existe-t-il une voie stratégique alternative à la participation au mouvement de plateformisation des marchés de consommation dont les pages qui précèdent ont souligné l'étroitesse des options gagnantes ?

La fascination pour le numérique et pour le spectaculaire succès rencontré par les champions de cette technologie dans le champ du commerce a sans doute contribué à occulter d'autres voies possibles de renouvellement des formes de satisfaction des besoins des consommateurs. Je voudrais aborder ici les modèles serviciels, auxquels je m'intéresse depuis de longues années[1].

Pour le dire simplement, les modèles serviciels partagent le principe de fonder la relation marchande, non sur la transaction sur des produits, mais sur la fourniture d'effets utiles et l'apport de solutions à des problématiques que rencontrent les clients. Ces modèles s'inscrivent dans les fondements mêmes de ce qu'est la consommation et renouent

1. Voir notamment P. Moati, *L'Économie des bouquets*, La Tour d'aigues, Éd. de l'Aube, 2008. Voir aussi *La Nouvelle Révolution commerciale*, Paris, Odile Jacob, 2011.

avec des approches, banales dans l'artisanat, mais à l'égard desquelles l'essor du capitalisme industriel a conduit à prendre ses distances. En effet, la force des enjeux associés à la réalisation de gains de productivité dans la production des objets a suscité l'émergence d'une économie centrée sur le produit, qui est allée jusqu'à marquer notre manière de nous représenter le système productif et le fonctionnement des marchés[1]. N'enseigne-t-on pas aux étudiants en première année d'économie qu'un marché, c'est un ensemble d'offreurs et de demandeurs qui se réunissent autour d'un produit, qui est ainsi supposé préexister à l'échange et faire l'objet d'un consensus entre les échangistes sur sa nature, ses caractéristiques et ses propriétés ?

L'achat d'un produit (bien ou service) est rarement motivé par le pur désir de l'acquérir. Il est sous-tendu par l'anticipation des effets utiles qui seront retirés de sa consommation, qu'il s'agisse d'effets utiles de nature fonctionnelle ou de nature symbolique, statutaire, etc. Ce constat banal invite à reconsidérer la nature de la relation marchande. Le rôle du vendeur – qu'il convient plutôt de désigner par le terme de « prestataire » – est moins de vendre des produits que de « rendre service » à son client (le « bénéficiaire »), de l'accompagner dans l'obtention de ce qu'il recherche et donc, quelque part, de l'aider à se transformer, à passer d'un état à un autre. Dans ce cadre, la simple transaction s'efface devant une « relation de service » qui tend à s'inscrire dans la durée et comporte un minimum de personnalisation. Cette perspective invite également à réaliser que la valeur n'est pas dans le produit, mais découle

1. La Nomenclature d'activités françaises (NAF), qui découpe l'économie en secteurs et en branches et dont découlent les codes APE des entreprises, renvoie pour l'essentiel à une nomenclature de produits.

d'une coproduction impliquant les deux parties[1]. Le prestataire met à disposition du bénéficiaire un ensemble de ressources (des biens tangibles, des services, une capacité d'expertise du besoin, des canaux de communication, etc.) que le bénéficiaire est appelé à activer en combinaison de ses propres ressources (ses compétences, son temps, des biens complémentaires dont il dispose, les ressources de ses réseaux sociaux). Dans cette relation de service, le prestataire ne peut se désintéresser de la manière dont s'opère cette coproduction, de la capacité effective du bénéficiaire de faire correctement sa part. Il doit en quelque sorte l'assister tout au long du processus et s'assurer que les effets utiles recherchés, voire la solution au problème à l'origine de l'engagement de la relation, sont bien au rendez-vous.

LES QUATRE DEGRÉS DE L'ORIENTATION SERVICIELLE

Les différents modèles serviciels se distinguent par l'importance de la distance prise à l'égard du modèle conventionnel de transaction sur un ou des produits au profit des effets utiles et des solutions. Tous partagent – avec cependant une intensité inégale – de partir du client et de ses attentes. En ce sens, la diffusion des modèles serviciels est cohérente avec le mouvement plus général d'« orientation-client » qui marque le capitalisme contemporain.

1. Voir Robert F. Lush, Stephen L. Vargo, *Service-Dominant Logic. Premises, Perspectives, Possibilities*, Cambridge University Press, 2014. Gilles Marion, *Le Consommateur comme coproducteur de valeur. L'axiologie de la consommation*, Caen, EMS, Collection « Versus », 2016.

Le degré 1 de l'orientation servicielle demeure un modèle fondé sur la transaction sur des produits mais enrichie de services périphériques. C'est, par exemple, la possibilité offerte par de nombreux supermarchés de se faire livrer à domicile les achats réalisés en magasin, ou le service, proposé par les enseignes d'équipement de la maison, d'installation et de reprise de l'ancien équipement, ou bien encore les services de pose proposés par les enseignes de bricolage, ou l'allongement de la garantie au-delà de la garantie légale par certains fabricants.

Le degré 2 consiste à cibler un « problème » du côté des clients et à réunir, dans un bouquet, tout ou partie des biens et des services nécessaires à sa solution. Le prestataire devient alors un « intégrateur », dans le sens où il intègre (de manière plus ou moins organique) des éléments complémentaires dans l'usage. Ces éléments sont vendus, soit ensemble *(bundle)*, soit séparément. Les exemples sont nombreux : la suite Office de Microsoft, les tour-opérateurs qui proposent d'intégrer le transport, l'hébergement et les animations, les banques qui offrent, en sus des services bancaires de base, des crédits, des produits d'épargne, d'assurance, etc., ou bien encore une enseigne comme Idkids, dédiée à l'enfant, qui vend des vêtements, des jouets, des éléments de mobilier, des livres, propose des ateliers.

Le degré 3 repose lui aussi sur la mise en avant d'un bouquet de biens et services complémentaires dans l'usage mais s'écarte du modèle transactionnel traditionnel pour facturer un droit d'accès (ou droit d'usage) aux ressources qui demeurent la propriété du prestataire. C'est le modèle de la salle de sport. Il tend cependant à se diffuser dans de multiples domaines : les sites de streaming de musique ou de vidéo, les suites logicielles sur abonnement (Office 365) et en mode SaaS, ou les constructeurs automobiles qui proposent, en contrepartie d'une mensualité fixe sur une durée définie, la mise à disposition d'un véhicule, son entretien, un service d'assistance, etc.

Le degré 4 est, à ce jour, peu déployé. Il consiste pour le prestataire à vendre à ses clients des unités fonctionnelles produites à partir de l'ensemble des composantes du bouquet, dont il demeure, là aussi, propriétaire. En schématisant, alors que dans le degré 3, le prestataire se donne une obligation de moyens, il s'impose ici une obligation de résultat. On l'observe principalement dans le BtoB[1] : la facturation à l'usage des moteurs d'avion par Rolls-Royce, des pneus pour poids lourds par Michelin, etc. La laverie automatique obéit à ce modèle depuis l'origine.

Les degrés 3 et 4 sont potentiellement vertueux sur le plan de l'impact environnemental[2]. En effet, ils sont susceptibles d'optimiser le rapport effets utiles délivrés / matière et énergie consommées au travers de deux propriétés : l'augmentation de l'intensification de l'usage des ressources grâce à leur mutualisation (une bicyclette Vélib' parcourt beaucoup plus de kilomètres à l'année que la moyenne des bicyclettes privées) et le fait que la recherche de la rentabilité par le prestataire l'incite à concevoir les moyens matériels nécessaires à la délivrance de la solution sur le mode de la durabilité (allongement de la durée de vie, facilitation de la maintenance et de la réparation, valorisation en fin de vie, etc.).

1. BtoB pour *Business to Business.* Cette expression désigne les relations interentreprises.

2. Gianmarco Bressanelli, Federico Adrodegari, Marco Perona, Nicola Saccani, « Exploring how Usage-Focused Business Models Enable Circular Economy Through Digital Technologies », *Sustainability*, vol. 10, n° 3, 639, 2018.

INTÉRÊT ET DIFFICULTÉS DES MODÈLES SERVICIELS

Outre d'être un vecteur de différenciation desserrant l'étau de la concurrence par les prix, l'un des intérêts des modèles serviciels pour le prestataire réside dans la possibilité d'accroître le flux de revenus tiré de chaque client par l'extension de son domaine d'intervention par rapport au modèle traditionnel, d'autant plus que la manière dont sont définis les « problèmes » obéit à une logique de poupées russes permettant d'envisager un élargissement progressif du bouquet (par exemple, de la mobilité automobile à la mobilité tout court). Un autre intérêt est d'installer la relation entre le prestataire et le bénéficiaire dans une logique de personnalisation qui s'inscrit dans la durée, car au cours de la relation s'opère un apprentissage de part et d'autre qui permet au prestataire d'être de plus en plus pertinent dans les éléments de solution proposés et d'optimiser la coproduction de la valeur pour le client. Ceci tend à fidéliser (ou – ce qui paraît moins noble – à rendre captif) le client, et donc à développer le flux de revenus au cours du temps. C'est en ça que les modèles serviciels constituent une forme de protection face à la dynamique de plateformisation des marchés et une alternative aux options stratégiques revenant à s'inscrire, d'une manière ou d'une autre, dans cette dynamique. Plus la dimension servicielle est forte, plus le prestataire doit être en relation directe avec ses clients. L'intermédiation d'une *marketplace* (ou d'un distributeur) est d'autant plus dommageable qu'elle s'oppose à la collecte des données clients, et donc à l'instauration d'un véritable dialogue prestataire/bénéficiaire. La contrepartie réside dans la nécessité de construire un écosystème, à la fois un bouquet pertinent de biens et services et une interface relationnelle.

Même si l'on perçoit une nette accélération récente de l'engagement des grands acteurs de la consommation en direction des modèles serviciels, force est de constater que la pénétration de ces modèles sur les marchés de consommation demeure à ce jour modeste, notamment comparé aux marchés interentreprises où l'idée de vendre des solutions plutôt que des produits, dans le cadre de relations partenariales avec les clients, est presque devenue un lieu commun (même s'il reste souvent beaucoup à faire en terme de mise en œuvre et d'approfondissement de la démarche). L'engagement serviciel de la plupart des acteurs de la consommation se cantonne aux degrés 1 ou 2. Les raisons de cette frilosité sont à rapprocher des difficultés associées à la mise en œuvre de ces modèles. J'en vois au moins trois.

La première difficulté est un classique de la socio-économie des organisations. L'adoption d'une posture servicielle suppose de changer son regard sur son métier. Accepter l'idée de n'être plus un producteur ou un distributeur de produits mais un apporteur de solutions constitue un changement radical d'optique qui suppose une évolution de la culture de l'entreprise susceptible de rencontrer des résistances. À plusieurs reprises, j'ai eu l'occasion de demander à des cadres de la distribution alimentaire quel est le problème que les consommateurs cherchent à solutionner lorsqu'ils se décident à franchir le seuil d'une grande surface. Le plus souvent, la réponse peine à venir, signe qu'ils ne se sont jamais vraiment posé la question. Quand je finis par leur faire dire que le problème est le ravitaillement de la maison en produits du quotidien, je leur adresse la question subsidiaire : « La manière dont vous avez pensé votre offre est-elle la solution la plus efficace (aux yeux des clients) à ce problème de ravitaillement ? » En général, ils conviennent rapidement que non. Alors peut commencer le travail qui consiste à penser à l'envers, c'est-à-dire à partir du problème pour élaborer la solution. C'est ensuite qu'émergent d'autres obstacles, dont celui, bien connu, de la difficulté qu'il y a à dévier significativement du modèle économique d'origine, qui a profondément imprégné les structures et le fonctionnement de l'organisation, les compétences accumulées, le réseau de partenaires, etc.

La deuxième difficulté réside dans le fait que les bouquets pertinents pour répondre à un problème agrègent le plus souvent des éléments disparates du point de vue des compétences nécessaires à leur conception et à leur production, compétences dont certaines peuvent être très éloignées du cœur de métier de l'intégrateur. L'image du bouquet entend insister sur la valeur ajoutée qui nait de l'intégration des éléments. Un bouquet de fleurs n'est pas une simple juxtaposition de fleurs. Sa qualité dépend de la pertinence du choix des éléments réunis : homogénéité des tailles, complémentarité des formes, harmonie des couleurs. Sans oublier l'importance capitale de l'emballage. Ces « bénéfices d'intégration » font qu'un bouquet (réussi) est bien plus que la somme de ses composantes, et que le talent du fleuriste est ici essentiel. C'est justement l'intensité de ces bénéfices d'intégration qui est de nature à fonder la compétitivité de l'offre de l'intégrateur et à le différencier d'une *marketplace*. Les *marketplaces* se classent pour l'essentiel dans le degré 1 de l'approche servicielle. Par la richesse de leur offre, elles sont, certes, en mesure de proposer tous les éléments nécessaires à l'obtention d'une solution, mais elles laissent au consommateur la charge de la formation d'un bouquet ; lequel, fait de bric et de broc, ne délivrera que peu de bénéfices d'intégration[1]. Cela signifie qu'un intégrateur peut difficilement composer son bouquet en achetant des produits sur catalogue à des fournisseurs (démarche que les clients pourraient accomplir seuls). Les éléments du bouquet doivent être conçus les uns par rapport aux autres afin de maximiser les effets produits par leurs interactions, générateurs de bénéfices d'intégration pour le client, véritable source de la valeur ajoutée du bouquet (par exemple, les interactions entre les éléments de la suite Office). Ceci plaiderait pour l'internalisation de l'élaboration de chacune des composantes du bouquet par l'intégrateur. Mais on retombe alors sur la difficulté qu'il y aurait à réunir l'ensemble des compétences nécessaires. D'autant plus que les bouquets doivent se penser en dynamique. Sur un marché concurrentiel, ils doivent sans cesse gagner en efficacité dans leur capacité à répondre au problème du client, ce qui suppose d'articuler les dynamiques d'innovation de chacune des composantes. Dans le cas où, ni le recours au marché (achats auprès de fournisseurs), ni l'internalisation ne semblent être pertinents et efficaces, il demeure la voie étroite de la coopération avec des partenaires disposant des compétences complémentaires et disposés à s'engager dans le projet de l'intégrateur. Ainsi, l'intégrateur ne se contente pas d'intégrer des biens et des services complémentaires pour fournir la solution visée, il intègre également, en amont, les compétences de son réseau de partenaires. On entrevoit l'ensemble des difficultés que cette démarche soulève :

1. Sauf si, comme dans le champ de l'informatique, des standards d'interfaces ont été adoptés par l'ensemble de la profession.

identification des partenaires potentiels, évaluation de leurs compétences, capacité d'enrôlement dans le projet de l'intégrateur, gouvernance du fonctionnement du réseau (notamment, modalité de partage de la valeur créée), ou articulation des dynamiques d'innovation.

La troisième difficulté est propre aux marchés de consommation. Ce n'est pas par hasard si les modèles serviciels sont beaucoup plus fréquemment observés sur les marchés BtoB. Les acteurs du BtoB les plus engagés dans cette voie s'adressent généralement à un nombre relativement petit de grands clients en mesure d'exiger une posture servicielle, et avec lesquels le coût de la mise en œuvre de la relation de service peut s'amortir sur un volume d'affaires important. Sur la plupart des marchés BtoC[1], les acteurs de l'offre traitent avec un très grand nombre de clients, chacun ne représentant qu'un petit volume d'affaires. Le numérique est en passe d'aider à régler la quadrature du cercle. La combinaison de l'intelligence artificielle et des objets connectés devrait, en effet, permettre de pousser de plus en plus loin l'automatisation de la relation de service, et de cantonner l'intervention humaine – d'autant plus coûteuse qu'elle est qualifiée – aux situations où elle semble indépassable. Un autre levier de viabilisation de la relation de service sur les marchés de consommation réside dans une orchestration de la coproduction de la valeur qui accorde une large place à l'action d'un client « encapacité » par les ressources mises à sa disposition. L'évolution du front office de la banque de détail est emblématique de ce type de dynamique. La mobilisation de la communauté des clients (notamment,

1. BtoC pour *Business to Consumer*. Cette expression désigne les relations entre les entreprises et les consommateurs.

les forums d'entraide) peut constituer un levier supplémentaire.

L'addition de ces trois difficultés contribue à expliquer la prudence avec laquelle les grands acteurs de la consommation explorent la problématique servicielle. Les modèles ne sont pas écrits. Le niveau d'incertitude est important, tant du point de vue des conditions d'acceptabilité par les consommateurs que sur le plan des rouages d'un modèle économique viable. De nombreuses tentatives se sont soldées par des échecs[1]. Et on sait que les organisations ne sont guère enclines à s'aventurer sur des terres inconnues et risquées tant que leur modèle produit des résultats à peu près satisfaisants. Quand ce n'est plus le cas, elles manquent alors des ressources et du temps nécessaires pour se lancer dans l'aventure.

Pour autant, le moment est sans doute venu d'accélérer la cadence. D'abord parce que se multiplient les signes d'essoufflement du modèle de consommation fondé sur l'accumulation d'objets, incompatible avec les enjeux environnementaux, et de moins en moins en phase avec les attentes des consommateurs. Ensuite, parce que le champ concurrentiel en la matière semble encore relativement ouvert. C'est le moment d'y prendre position, avant que les leaders des plateformes n'investissent ce nouveau terrain de jeu. Ils disposent, là aussi, d'atouts majeurs, et on peut observer d'ores et déjà certaines manœuvres qui paraissent témoigner d'ambitions en la matière.

1. Christian Kowalkowski, Heiko Gebauer, Bart Kamp, Glenn Parry, « Servitization and Deservitization : Overview, Concepts, and Definitions », *Industrial Marketing Management*, vol. 60, 2017.

LA MENACE D'UN ENGAGEMENT DES LEADERS DU E-COMMERCE

Une fois de plus, c'est Amazon qui semble le plus avancé dans cette direction. Il est très certainement l'acteur du e-commerce qui offre la plus large palette de services à ses clients, en particulier aux abonnés Prime. Mais il y a plus significatif. Il y a déjà une quinzaine d'années, Amazon, sur son site américain, faisait un pas en direction d'une approche servicielle avec le lancement de son programme « *subscribe and save* », déployé en France depuis 2012. Il s'agit de permettre au client, pour des produits achetés de manière récurrente (des produits de grande consommation « de fond de placard », des consommables, etc.), de fixer la fréquence à laquelle il désire être réapprovisionné. En s'abonnant ainsi, il est supposé faire l'économie d'une charge mentale, et il bénéficie d'une remise allant de 5 % à 15 %. Un client qui se donnerait la peine de programmer ainsi ses achats de l'ensemble des produits qu'il achète régulièrement se verrait débarrasser de la partie sans doute la plus fastidieuse des courses. On est bien ainsi dans la proposition d'une solution à la corvée des courses. Ce programme aura bientôt un air *préhistorique*. Amazon expérimente activement dans cette direction avec un objectif qui semble d'être de simplifier au maximum l'approvisionnement en produits du quotidien, jusqu'à aller vers des formules de réapprovisionnement automatique. Le service Amazon Dash Replenishment a été créé à cet effet. On lui doit notamment l'expérience des Dash Buttons. Lancé en 2015, cet objet connecté, en forme de sonnette, mis à la couleur d'une marque partenaire, permettait à l'utilisateur de déclencher la commande d'un produit d'une simple pression.

L'expérience a pris fin quatre ans plus tard. Mais l'idée du bouton connecté continue d'être explorée. Amazon propose aux fabricants d'équipements requérant des consommables (les imprimantes, les machines à café, les aspirateurs, les carafes filtrantes, etc.) d'y loger un bouton permettant à l'utilisateur de déclencher une commande ou, mieux, sans bouton, de transmettre automatiquement la commande (que l'utilisateur peut annuler) dès que le stock de consommables atteint un niveau critique. Amazon propose également d'intégrer Alexa dans les appareils afin de permettre de commander par la voix. De manière générale, les assistants domestiques vocaux embarquant Alexa ont vocation à constituer un puissant relais de cette approche servicielle. En effet, outre l'établissement d'une liste de courses, il est possible d'ajouter par la voix des articles dans son panier Amazon. Dans sa lettre aux actionnaires d'avril 2021, Jeff Bezos affirmait que 100 millions d'appareils connectés à Alexa sont installés dans le monde. Le leader du e-commerce commercialise aux États-Unis une gamme de Dash Smart Shelf. Il s'agit de balances qui détectent le poids des articles qui y sont déposés (la boîte de capsules de café, de doses de lessive, des bouteilles d'eau, un paquet de rouleaux de papier toilette, etc.). Lorsque le poids témoigne de l'approche de la rupture, le dispositif peut passer une commande automatique de réapprovisionnement.

On imagine aisément la suite de l'histoire. Demain ou après-demain, les articles du quotidien dialogueront avec des placards et des réfrigérateurs intelligents qui pourront lancer des commandes de réapprovisionnement dès lors que les stocks auront atteint le niveau d'alerte prédéfini. Pour les achats moins réguliers, le consommateur pourra compléter ses achats par la commande vocale. Ceci, combiné à des livraisons gratuites dans des délais très courts et des créneaux étroits, susceptibles d'être assurées en l'absence du client grâce une serrure connectée (un produit Amazon), qui permettra au livreur d'entrer dans le domicile et de ranger les articles sous le contrôle de la caméra de surveillance (également un produit Amazon), esquisse le contenu d'une solution intégrée au problème de ravitaillement du foyer, potentiellement profondément disruptive pour les distributeurs alimentaires traditionnels.

Et ce n'est là qu'une des dimensions de la toile servicielle qu'Amazon est en train de tisser pour se rendre indispensable à ses clients. Aux États-Unis, depuis 2015, le site propose un ensemble de services de petits travaux de bricolage et d'entretien, sur le même modèle de *marketplace*, en mettant en relation professionnels et particuliers, et en se portant garant du juste prix et de la bonne fin des travaux. Enfin, le géant américain fait ses premiers pas dans le domaine de la santé, pour l'instant au travers d'une offre testée sur ses propres salariés (et qui commence à être proposée à d'autres grandes entreprises). Elle consiste en une consultation et une prescription à distance. Les médicaments pourront être livrés par Amazon Pharmacy lancé en 2020. En outre, Amazon commercialise dans son pays d'origine, son bracelet Amazon Halo, qui se veut, bien plus qu'un traceur d'activités, un assistant personnel permettant de gérer sa santé. L'accès aux fonctionnalités avancées suppose un abonnement (3,99 $ par mois).

Les dispositifs technologiques permettant de déployer ce type de services sont sous le contrôle d'Amazon, qui a réalisé plusieurs acquisitions ces dernières années afin de se doter des savoir-faire nécessaires (notamment dans le champ des objets connectés). Ils pourront s'appuyer sur l'expertise acquise en matière de cloud et d'intelligence des données. Pas question ici de se contenter du rôle d'intermédiaire entre des fournisseurs et les consommateurs, même si les tiers sont les bienvenus pour développer des fonctionnalités supplémentaires contribuant à l'augmentation de leur désirabilité (par exemple, les développeurs de « *skills* » pour Alexa). On s'écarte donc ici du modèle d'une pure *marketplace* pour se rapprocher de celui d'un intégrateur visant la prise en charge d'un problème pour le compte de ses clients.

Si les opérateurs de *marketplaces* sont ainsi susceptibles d'évoluer vers le statut d'intégrateur, les intégrateurs, en retour, peuvent gagner à s'inspirer du modèle de la *marketplace*. La valeur ajoutée d'un bouquet repose pour une large part, comme on l'a vu, sur l'intensité des bénéfices d'intégration nés des interdépendances entre ses éléments. La maîtrise de ces interdépendances (et des interfaces qui les rendent possibles) plaide pour l'internalisation de leur conception, en collaboration avec les partenaires aux compétences complémentaires. De même la promotion des solutions associées au bouquet gagne à ce que ses éléments centraux soient couverts par la marque de l'intégrateur (à l'image de l'emballage du bouquet du fleuriste). Mais l'attraction exercée par le bouquet de l'intégrateur peut être renforcée par l'addition de fonctionnalités périphériques, les plus modulaires pouvant provenir d'acteurs tiers acceptant de se greffer sur l'écosystème de l'intégrateur *via* des API, dont ils deviennent des « sur-traitants », à l'image des marchands embarqués sur les *marketplaces*. Ainsi peut-on anticiper une convergence progressive entre des *marketplaces* développant leur orientation servicielle et des intégrateurs cherchant à étendre rapidement le périmètre de leur bouquet et des solutions proposées à leurs clients.

Raison de plus pour les marques et les enseignes d'explorer sans attendre les potentialités des modèles serviciels.

Quelques-unes ont déjà avancé significativement dans cette direction.

LE CAS SOMFY

Somfy constitue un cas intéressant d'évolution graduelle d'un industriel vers une logique servicielle. Créée en 1960, la société est à l'origine spécialisée dans la motorisation des volets. Par extension progressive de son périmètre d'activité, Smofy est devenue un spécialiste de la fermeture et de la sécurité du logement. Son bouquet couvre désormais les volets, les stores, les rideaux, les portails et portes de garage, mais aussi les pergolas et les vérandas, des systèmes de surveillance, et la marque est entrée de plain-pied dans la domotique avec un ensemble de dispositifs de pilotage d'appareils connectés. Nous sommes là sur un bouquet ouvert dont les composantes sont vendues à l'acte, séparément (degré 2). La marque propose à ses clients ou prospects d'être accompagnés par un « expert Somfy » qui pourra aider à définir le projet et assurera l'installation.

La diversification vers la domotique, les objets connectés et leur pilotage (notamment *via* la Box TaHoma), a sensiblement renforcé le degré d'intégration dans l'usage des différents éléments du bouquet. C'est une incitation pour les clients à demeurer dans l'écosystème Somfy au fur et à mesure de leur équipement.

LE CAS GOPRO

Société américaine fondée en 2002, GoPro est le leader du marché des caméras dites d'action dont elle est d'ailleurs l'initiatrice. Si le business model de l'entreprise reste centré sur la vente des caméras, il évolue progressivement vers une approche servicielle. La caméra se trouve au centre d'un bouquet qui s'enrichit régulièrement. Il y a tout d'abord les accessoires utiles pour tirer tous les effets potentiels de l'usage de la caméra : fixations, poignées, perches, étuis, protections, modules d'éclairage. La marque commercialise également toute une gamme d'équipements dits *« lifestyle »* : des vêtements, des lunettes de soleil, de la bagagerie légère, etc.

L'offre de GoPro s'est étendue aux services et au modèle de l'abonnement. Pour 50 € par an, les clients bénéficient d'un espace de stockage cloud illimité vers lequel les contenus sont automatiquement transférés. Ils ont également accès à une palette d'applications (Quik) permettant de travailler ses images, ainsi qu'à la possibilité d'utiliser la caméra pour la diffusion en direct par la création d'un lien privé. L'abonné peut remplacer jusqu'à deux fois par an sa caméra endommagée (il devra cependant s'acquitter de « frais d'échange »).

La camera devient ainsi le centre d'un bouquet de biens et de services tourné vers l'optimisation de l'expérience de consommation des clients. Gageons que GoPro en viendra à inclure un droit d'usage d'une caméra dont la société restera propriétaire dans le cadre d'une formule d'abonnement enrichie.

LE CAS RENT THE RUNWAY ET LE CLOSET

Comment concilier le goût pour le changement – consubstantiel à la mode –, l'appétence pour des vêtements haut de gamme ou de créateurs, avec la contrainte budgétaire et le désir de consommer plus « responsable » ? Réponse : en louant ses vêtements et accessoires de mode au lieu de les acheter. On est donc ici dans le degré 3 de l'approche servicielle.

La première expérience réussie en la matière a été lancée en 2009 aux États-Unis. La formule proposée par Rent the Runway est simple dans son principe. En contrepartie de 69 $ par mois, l'abonné peut emprunter jusqu'à quatre articles chaque mois (d'une valeur pouvant aller jusqu'à 350 $), avec une livraison mensuelle. Chaque article peut être conservé aussi longtemps que désiré. Il est même possible de s'en porter finalement acquéreur. Retourné (gratuitement), il est nettoyé et désinfecté avant d'être remis en circulation. Les clientes qui trouveraient la formule insuffisamment généreuse peuvent souscrire un abonnement plus coûteux, jusqu'à 149 $, pour seize articles par mois en quatre livraisons, pris sur un catalogue étendu comprenant des pièces dont la valeur peut atteindre 3 500 $. La société se montre avare quant aux données sur le nombre de ses abonnés ou sur son chiffre d'affaires. Cependant, au terme de plusieurs levées de fonds, la start-up s'est muée en licorne avec une valorisation dépassant le milliard de dollars[1].

1. Avant la crise sanitaire… Car Rent the Runway (comme ses concurrents) a mal traversé la crise et a dû procéder au licenciement d'un tiers de son personnel.

Ce pionnier a fait des émules. Il compte plusieurs concurrents aux États-Unis, dont la chaîne de prêt-à-porter Urban Outfitters. En France, après la liquidation de l'Habibliothèque en 2018, Le Closet semble être le seul acteur qui continue d'exploiter ce modèle. La formule est un hybride entre celle de Rent the Runway et les formules de box. La cliente reçoit une sélection d'articles effectuée sur la base des préférences qu'elle aura exprimées au préalable. Les vêtements peuvent être portés aussi longtemps que désirés, être achetés ou retournés, ce qui permet de recevoir une nouvelle sélection. L'abonnement s'élève à 39 € par mois (il existe aussi une formule maternité à 49 €). En 2021, une grande enseigne de vêtements, Kiabi, a fait ses premiers pas dans cette direction en se centrant sur les habits de grossesse.

LE CAS BMW-DAIMLER

En 2019, BMW et Daimler ont annoncé un partenariat stratégique ambitieux les faisant potentiellement entrer de plain-pied dans l'économie servicielle. L'essence du métier des constructeurs automobiles a longtemps été (et est encore très largement) de produire et de vendre des voitures. Certes, en s'efforçant de les concevoir en tenant compte de ce qui importe pour les automobilistes, de l'usage qu'ils en font, etc., mais fondamentalement sans trop se soucier de la vie des clients avec leur auto après l'achat et de la nature des « problèmes » qu'ils cherchent à solutionner lorsqu'ils utilisent leur véhicule. Le virage serviciel dans l'automobile consiste à passer de la vente de voitures (mais on pourrait évoquer au même titre la vente de kilomètres en train ou en avion) à l'offre de solutions de mobilité. Des solutions qui s'inscrivent – comme on a appris à le dire dans le microcosme – dans le virage vers la « mobilité comme un service » *(mobility as a service)*. Ce virage a été amorcé. En particulier à travers la diffusion des formules de location longue durée, ou de location avec option d'achat à valeur ajoutée servicielle, évoquées plus haut. On n'est pas loin d'une formule dans laquelle le client s'acquitte d'un droit d'usage pour bénéficier d'un service de mobilité automobile intégré (degré 3). En France, selon les données du Comité des constructeurs français d'automobiles, cela représente plus de 40 % des immatriculations de voitures neuves par des particuliers (20 % en 2015). Les formules d'autopartage, de type Autolib', vont plus loin encore puisqu'elles induisent une consommation à l'usage et étendent l'offre à une solution de stationnement. Le modèle économique n'a cependant pas encore apporté la preuve de sa viabilité.

L'intensification des contraintes, qui pèsent et pèseront sur la mobilité automobile en milieu urbain, invite les constructeurs à imaginer des alternatives. D'autant plus que la perspective de l'arrivée, désormais à moyen terme, des véhicules autonomes, est susceptible de profondément déstabiliser l'économie du secteur. En effet, si le numérique a déjà fait son entrée en force dans les véhicules, la combinaison de la propulsion électrique et des dispositifs permettant la navigation autonome va faire des composantes mécaniques du véhicule des attributs secondaires. L'essentiel de la valeur risque donc d'échapper aux constructeurs. Et ce scénario est d'autant plus crédible que les géants du numérique (de Google à Amazon, en passant par Alibaba et Uber) travaillent activement tant sur le véhicule du futur que sur les systèmes de régulation du trafic.

L'alliance de BMW et de Daimler est une réponse à la menace que constitue cette perspective.

Concrètement, le partenariat annoncé vise à investir plus d'un milliard d'euros dans cinq coentreprises destinées à déployer une offre servicielle dans le champ de la mobilité urbaine, qui intègre mais aussi dépasse la seule automobile. Le nom donné à chacune de ses sociétés est suffisamment explicite pour qu'il ne soit pas nécessaire de développer[1] : Charge Now, Free Now, Park Now, Share Now, Reach Now. Reach Now mérite cependant qu'on s'y attarde. Il s'agit d'une application donnant accès à une plateforme multimodale qui permettra aux utilisateurs d'organiser leur déplacement, du point de départ au point d'arrivée, en combinant différents modes en fonction des critères privilégiés, « et de payer directement pour les transports en commun et diverses autres options de mobilité, telles que l'autopartage, le taxi/VTC, ou la location de vélos ». On se rapproche ici du degré 4.

Cet exemple témoigne de l'important pas de côté que suppose la bascule vers le serviciel par rapport à un modèle économique classique centré sur le produit. On a ici deux acteurs de poids qui, au-delà de la concurrence qu'ils se livrent, semblent avoir compris que les concurrents les plus dangereux ne sont pas les autres constructeurs et ont décidé de réunir leurs forces pour tenter de ne pas se trouver relégués en position subalterne dans les nouvelles architectures de marché que l'on voit venir.

1. Pour plus de détails, voir le communiqué de presse sur le site du groupe BMW.

LEROY MERLIN ET DÉCATHLON

Avec Leroy Merlin et Décathlon – enseignes de la galaxie Mulliez – nous tenons deux acteurs de la grande distribution qui s'engagent progressivement dans la démarche servicielle.

Déjà à la fin du siècle dernier, le leitmotiv en interne chez Leroy Merlin était : « Nous ne sommes pas des vendeurs de produits mais des apporteurs de solutions. » Mais, en la matière, il y a loin de la coupe aux lèvres. Notons que le concept même de grande surface de bricolage, né à la fin des années 1970, renvoie à la notion de bouquet. Auparavant, les personnes désireuses de se lancer dans des travaux devaient se rendre chez le « marchand de couleurs » pour la peinture, le marchand de bois pour acheter ses planches et ses tasseaux, chez les spécialistes des revêtements de sol pour la moquette, chez le quincailler pour l'outillage, la visserie, etc., car l'organisation du commerce était alors calquée sur celle de l'industrie. Réunir en un même lieu des produits hétérogènes, issus de filières de production différentes mais complémentaires pour le client, a constitué une étape importante vers une approche « orientée client » (degré 2) qui s'est progressivement incarnée dans l'aménagement des magasins par la mise en situation des produits autour de « projets ». L'enseigne nordiste a développé, au cours des dernières années, toute une gamme de services qui visent à accompagner le client de la genèse de son projet à sa réalisation, voire à sa maintenance. En amont du projet, la possibilité de mobiliser un « coach d'intérieur ». Pour sa réalisation, le client pourra louer le matériel nécessaire, se former (en magasin ou en ligne), bénéficier d'un service de pose ou d'installation à prix fixe réalisé par des professionnels sélectionnés, mobiliser des « jobbers » pour des petits travaux (prise de participation dans Frizbiz). Après coup, le service dépannage peut intervenir à domicile ou à distance. Son bouquet est ainsi enrichi de l'apport de prestataires extérieurs, ce qui fait progressivement évoluer Leroy Merlin vers une logique de plateforme (au-delà, et en complément, de la *marketplace* lancée en 2020). Dernière initiative en date : l'implantation dans ses magasins d'un espace « Parlons maison ». Il s'agit d'un espace au sein duquel des prestataires de la région viennent présenter leurs offres de services, de l'agence immobilière à l'aménageur de jardins.

Deux initiatives particulièrement intéressantes sont à relever du côté de Décathlon. Il y a déjà une quinzaine d'années, l'enseigne lilloise ouvrait son premier Décathlon Village, à Bouc-Bel-Air, entre Aix et Marseille. Elle compte aujourd'hui neuf complexes du même type sur le territoire national. Il s'agit de vastes espaces consacrés, non pas seulement à la vente d'articles de sport, mais à la pratique sportive[1]. En effet, les visiteurs ont à leur disposition des infrastructures en accès libre (parcours de running, terrains multisport, etc.) et ont la possibilité de se former et de pratiquer une grande diversité de sports grâce à la présence de partenaires spécialisés. À cela s'ajoute des animations et l'organisation d'événements. Avec ces Villages, Décathlon passe clairement des « moyens » (les produits) à la finalité (la pratique) et réunit sur un même lieu un ensemble de ressources complémentaires offrant une large palette de « solutions » aux sportifs. Parallèlement, Décathlon teste différentes formules de consommation à

1. Pour aller plus loin que la rapide description du concept que je livre ici, voir le site de Décathlon Village.

l'usage. Depuis quelques mois, l'enseigne propose différentes formules de location de vélos, et teste dans certains de ses magasins des formules de location de matériel de musculation ou d'équipements *outdoor*. Mais une expérimentation bien plus radicale vient d'être lancée par Décathlon Belgique, avec l'offre We Play Circular. Il s'agit d'une offre d'abonnement à 20 €, 40 € ou 80 € par mois, ajustable et résiliable à tout moment, permettant d'emprunter quasiment tout ce qui est vendu dans le magasin pour une durée indéterminée et pour une valeur d'ensemble pouvant aller jusqu'à 400 €, 1 000 €, ou 2 000 €, selon la formule retenue. L'abonné a la possibilité d'échanger les produits au moment et à la fréquence désirés. Autrement dit, on est là face à l'offre d'une solution d'ajustement continue de l'accès aux équipements sportifs à l'évolution des besoins du client. Une initiative aussi radicale de la part d'un acteur important du *mass market* est particulièrement significative du virage qu'est en train de prendre le modèle de consommation. Nul doute que si la formule rencontre un public significatif et que le modèle économique se révèle viable, d'autres grands acteurs, de divers secteurs d'activité, entreront dans la danse.

CONCLUSION

La spectaculaire trajectoire d'Amazon (et d'Alibaba à l'autre bout de la planète) est la conséquence d'une succession de choix stratégiques audacieux dont beaucoup se sont révélés pertinents. C'est un véritable nouveau business model qui en est sorti, d'une redoutable efficacité. Certains mettront d'abord en avant des pratiques prédatrices, l'excellence dans l'optimisation fiscale, ou le sombre bilan social et environnemental. Mais comment nier qu'Amazon doit avant tout sa réussite à l'accueil que lui ont réservé les consommateurs, face à une qualité de service reconnue, à la puissance du modèle de *marketplace* pour satisfaire les besoins les plus pointus tout en maîtrisant les prix, le tout s'appuyant sur des compétences dans l'organisation logistique et le traitement de données probablement encore inégalées. Amazon, comme les autres géants du numérique, a beau jeu de rétorquer à ceux qui s'inquiètent de sa position dominante qu'elle est avant tout la conséquence d'une compétitivité reconnue par ses clients.

LA PERSPECTIVE D'UN SCÉNARIO DU PIRE

Alors pourquoi s'inquiéter de cette formidable ascension que seule l'entrée en scène d'autres géants du numérique semble en mesure de contrarier ? Parce qu'elle constitue un risque de voir une poignée d'entreprises de dimension mondiale avoir la mainmise sur les marchés de consommation. Car, comme on l'a vu, Amazon (là aussi, comme Alibaba) ne se contentera pas d'occuper une position dominante sur le e-commerce, lequel est d'ailleurs loin, avec la diversification de ses formes, d'avoir épuisé son potentiel de croissance et de conquête de parts de marché au détriment du commerce physique. L'offensive sur le commerce physique a commencé. Elle est encore timide et épargne pour l'instant la France, mais il ne fait aucun doute qu'elle est appelée à s'intensifier. Avec la capacité, que l'on reconnait à Amazon, à innover et à bouleverser les codes. Les avancées des Google et Facebook ne sont guère plus rassurantes. S'ils réussissent leur percée, ils mettront à profit leur formidable audience pour se placer entre les consommateurs et les vendeurs, sans distinction entre les canaux virtuels et physiques. Sans oublier l'appétit croissant que semble nourrir Alibaba à l'égard du marché européen[1]. Les prochaines années risquent d'être le théâtre d'un choc des titans. Les quelques challengers qui semblent en mesure d'occuper une position significative de ce nouveau paysage

1. En 2018, Jack Ma, le fondateur d'Alibaba, déclarait ambitionner, à l'horizon 2036, de servir 2 milliards de consommateurs, de créer 100 millions d'emplois, et de permettre à 10 millions d'entreprises de créer des opportunités d'affaires rentables liant le commerce en ligne et hors-ligne. Et de se dire impatient de voir le joli monde qu'Alibaba aura créé ! (M. Zeng, *Smart Business*, *op. cit.*, p. 6.)

s'unissent. En Chine, JD.com s'est allié avec Tencent, au travers d'une prise de participation du second dans le capital du premier. Cette alliance s'accompagne d'une mise en commun des données des utilisateurs et permet à JD.com d'accéder à la visibilité sur WeChat. Ensemble, ils prennent des participations au capital d'acteurs du commerce physique (Better Life) ou en ligne (Vipshop). En 2018, Walmart a pris 12 % du capital de JD.com. Un partenariat a été conclu avec Google qui prévoit notamment la mise en avant des produits vendus par JD.com sur Google Shopping. Côté occidental, Shopify s'allie à Facebook et à Walmart.

Ainsi, le scénario qui s'esquisse est celui de la mise en place d'une nouvelle intermédiation qui, des plus puissants e-commerçants et opérateurs de *marketplaces* aux infomédiaires de plus en plus influents, fournira des points de passage obligés pour l'accès des marques et des enseignes aux consommateurs. Ce jeu ne comporte aucun acteur européen de taille significative. En cela, les perspectives qui s'esquissent constituent à terme une menace pour notre souveraineté économique.

Mais ce n'est pas tout. Pour Amazon comme pour Alibaba[1], le commerce est la composante centrale d'une

1. Pour mémoire, Amazon est très présent dans l'industrie culturelle : l'édition (Amazon Publishing), le livre audio (Audible), le streaming vidéo (Prime Vidéo), la production audiovisuelle (Amazon Studio, Metro Goldwyn Mayer), l'édition de jeux vidéo (Amazon Game Studios), le jeu vidéo en ligne (Twitch, Luna), etc. ; il est également diversifié dans la domotique et s'est engagé récemment dans la santé, et fait ses premiers pas dans l'éducation. Il occupe une position de force sur les services informatiques à travers sa filiale AWS. Plus encore qu'Amazon, Alibaba a développé un véritable écosystème qui s'étend des systèmes de paiement *online* et *offline* (Alipay, Ant), au service de VTC (Didi Chuxing), au microblog (Weibo, l'équivalent de Twitter), au cinéma (Alibaba Pictures), aux systèmes de régulation du trafic urbain (Alibaba's City Brain), etc.

nébuleuse d'activités qui s'étend rapidement[1]. Pour Google et Facebook, partis d'ailleurs, le commerce est une nouvelle composante d'un portefeuille d'activités lui aussi en expansion. À coups d'alliances, d'acquisitions et de diversifications, les leaders de l'économie de plateformes révèlent une fascinante capacité à bâtir de vastes écosystèmes couvrant un nombre croissant de domaines traversant allégrement les frontières sectorielles et tissant ce que Christophe Benavent appelle un collier digital, qui enserre de plus en plus fermement les personnes[2]. Ça n'en fait pas seulement des monstres omnipotents. Contrairement à l'approche conglomérale, cette étendue de leur portefeuille d'activités leur permet de valoriser et de renforcer leurs compétences numériques et d'exploiter des économies d'échelle au plan des infrastructures physiques rendant de plus en plus difficile la contestation de leur position par des concurrents. Elle génère une multitude de flux de données se rapportant à différents aspects de la vie de chacun. Réunis sur un même identifiant, les clients deviennent pour ainsi dire transparents. Certains diront « pour mieux les servir ». Mais nous risquons ainsi, en tant qu'individus, de devenir captifs de géants qui ne manqueront pas d'exploiter leur

1. Dans leur ouvrage consacré au *New Retail* développé en Chine par Alibaba, Michael Zakkour et Ashley Dudarenok écrivent : « Ce qui rend le *New Retail* si différent du *Old Retail* est qu'il ne s'agit pas seulement de commerce. Il consiste dans la création d'écosystèmes massifs avec un univers intégré de services de produits et d'outils entre les mains des consommateurs. Comme le déclarait récemment Michael Evans, le Président d'Alibaba's Global, "Alibaba c'est un peu comme Amazon, un peu comme Netflix, un peu comme Google. Ce qu'Alibaba fait d'une telle collection d'actifs ? Nous bâtissons un écosystème de style de vie" » (Michael Zakkour et Ashley G. Dudarenok, *New Retail In China Going Global. How Chinese Tech Giants Are Changing Global Commerce*, Pékin, Digital China, 2019, p. 23).

2. C. Benavent, *Plateformes*, *op. cit.*

pouvoir de marché à nos dépens. Victimes consentantes, pour bénéficier de leurs services et jouir du confort ou des plaisirs qu'ils nous procurent, nous alimenterons des algorithmes qui décideront de plus en plus à notre place ce qui est bon pour nous[1].

Ils ont été les grands bénéficiaires d'une crise sanitaire qui a favorisé l'accélération de la numérisation des modes de vie. Leur assise financière s'en trouve encore renforcée, ce qui leur donne plus de moyens encore pour investir dans l'innovation et les diversifications, et ainsi d'étendre et de renforcer leurs écosystèmes. Le risque majeur réside donc dans leur capacité à exploiter les synergies entre les composantes de ces écosystèmes et leur maîtrise de technologies de pointe pour s'imposer face aux acteurs spécialisés. On le voit, par exemple, dans le domaine de l'intelligence artificielle conversationnelle, sur lequel règnent Google, Apple, Amazon et Microsoft (depuis le rachat de Nuance en 2021 pour près de 20 milliards de dollars). Ici Amazon est en mesure d'appuyer son avance en matière de reconnaissance et de synthèse sur la puissance de son cloud et sa capacité à vendre à bon marché les terminaux aux ménages. Cette force de frappe lui permet d'enrôler des développeurs d'applications (des *« skills »*) venant enrichir les fonctionnalités délivrées par la technologie. Et Amazon (comme Google) n'hésite pas à faciliter l'accès à sa technologie (Alexa) à des acteurs tiers (par exemple, les constructeurs automobiles) désireux d'ajouter les fonctionnalités de la commande vocale à leurs produits. Autant de nouvelles sources d'acquisition de données, mais aussi de revenus prêts à être investis dans de nouvelles vagues d'innovations.

1. Gaspard Koenig, *La Fin de l'individu. Voyage d'un philosophe au pays de l'intelligence artificielle*, Paris, Éd. de l'Observatoire/Le Point, 2019.

Parallèlement, Amazon (comme Google) prend rapidement position sur les objets connectés. L'ensemble lui permettra de maîtriser le poste de commandement central d'applications destinées à la simplification du quotidien. Nos distributeurs européens sont loin de disposer des ressources et des compétences requises pour espérer exister dans ce domaine. Et si, demain, une partie de la consommation des ménages doit passer par le commerce vocal et par des automatismes issus d'objets connectés, ils se trouveront tributaires de ces géants, dont certains sont des concurrents directs, qui sauront valoriser leur pouvoir de négociation. C'est sans doute une des raisons principales qui ont incité Walmart à mettre un terme à l'alliance conclue, en 2019, avec Google pour développer le commerce vocal. En juin 2020, on apprenait que Carrefour lançait un service de commande de courses par la voix... avec Google.

Cette perspective d'un scénario du pire n'est cependant pas encore inéluctable.

DES GÉANTS AUX PIEDS D'ARGILE ?

L'emprise acquise par les géants du numérique au terme d'une dynamique de croissance exceptionnelle a progressivement transformé leur image de trublions malins et sympathiques en celle d'empires devenus incontrôlables, n'hésitant pas à jouer avec les règles pour maximiser leurs profits et poursuivre leur croissance. Ils suscitent une hostilité auprès d'une part grandissante de la population, mais ils se heurtent également à la volonté croissante des États de s'opposer à leur toute puissance.

Le rapport des Français aux géants du numérique est paradoxal. Alors qu'ils font partie des marques les plus présentes dans leur vie quotidienne, qu'ils ont joué un rôle majeur et salutaire dans la manière dont a été vécue la crise sanitaire, ils sont l'objet de critiques de plus en plus virulentes. En décembre 2020, 59 % des Français interrogés par l'ObSoCo déclaraient ne pas avoir confiance dans « les grandes entreprises du numérique (Google, Amazon, Facebook...) » contre 29 % qui affirmaient avoir confiance. Leur capacité à susciter la défiance est plus forte encore que celle des entreprises de l'industrie pharmaceutique (57 %) ou des enseignes de la grande distribution (50 %). Parmi les GAFA, Amazon est clairement celui qui a subi la plus forte montée d'hostilité au cours des derniers mois. L'entreprise était déjà régulièrement épinglée pour les conditions de travail imposées à ses salariés et son habileté dans la pratique de l'optimisation fiscale[1]. Le leader du e-commerce est également de plus en plus critiqué pour son impact environnemental : poids des produits importés de Chine dans ses ventes, coût environnemental des emballages et du transport, encouragement à la surconsommation, notamment au travers de ses opérations promotionnelles (ventes flash, *Black Friday* importé en France par Amazon, *Amazon Days*), etc. La crise sanitaire a favorisé une nette montée en puissance de la critique : Amazon (comme les autres acteurs du e-commerce) aurait été bénéficiaire de la crise sanitaire et des restrictions imposées à la plupart des commerces physiques non-alimentaire. Du coup, Amazon contribuerait au déclin du commerce de centre-ville, en particulier du petit commerce

1. Jean-Baptiste Malet, *En Amazonie* [2013], Paris, Fayard, coll. « Pluriel », 2019.

indépendant, dont la cote de confiance auprès des Français s'est encore accrue depuis mars 2020, conduisant au final à un impact négatif sur l'emploi[1]. Plus généralement, Amazon est désormais associé aux excès de la mondialisation, à un système considéré par une fraction semble-t-il croissante de la population comme étant générateur d'inégalités et d'exclusion, de déliaison sociale, nous précipitant vers le mur environnemental[2].

Ce qu'il est désormais convenu d'appeler l'« *Amazon bashing* » se fait ainsi de plus en plus bruyant. Comme le relève Agnès Laurent, journaliste à *L'Express*, « on voit se former une alliance de circonstance inédite entre des mondes plus habitués à se toiser, voire à se détester, qu'à militer ensemble », une alliance où se mêlent ONG de protection de l'environnement ou altermondialistes, associations de riverains, fédérations de commerçants indépendants, ou acteurs de la grande distribution[3]. Par exemple, en novembre 2020, un collectif d'ONG, de syndicats, et d'associations a publié une pétition réclamant la taxation d'Amazon pour protéger le petit commerce. À peu près au même moment, Pascal Demurger, le directeur général de la Maif, se fendait d'une tribune dans le *Journal du Dimanche* dans laquelle il vilipendait ce mastodonte qui « n'a aucune raison d'être, aucun "purpose", aucune mission

1. Justin Delépine, « Amazon détruit-il plus d'emplois qu'il n'en crée ? », *Alternatives économiques*, 16 décembre 2020 (consultable en ligne). En décembre 2020, selon l'ObSoCo, 79 % des Français déclaraient avoir confiance dans les « petits commerçants ».

2. Voir L'ObSoCo, *L'Observatoire des perspectives utopiques*, avec le soutien de l'Ademe, de Bpifrance et de la chaire ESCP-E.Leclerc, 2019 (consultable en ligne).

3. Agnès Laurent, « La France d'Amazon. Enquête sur l'hétéroclite opposition au géant américain », *L'Express*, 18 février 2021 (consultable en ligne).

autre que de pousser à la surconsommation », et pronostiquait un sombre avenir à la firme de Seattle[1].

Cette dynamique suscite le soutien d'une partie de la classe politique, qui s'est particulièrement manifesté à l'occasion du deuxième confinement. Le 1er novembre 2020, le Premier ministre, Jean Castex, conviait sur TF1 les Français à « retarder ou décaler [des achats], plutôt que de commander, sur un grand site étranger, des produits par Internet », tandis que la ministre de la Culture, Roselyne Bachelot, recommandait sur LCI de ne pas acheter de livres sur les plateformes numériques, visant en particulier Amazon, déclarant : « Oui, Amazon se gave, à nous de ne pas les gaver », et que la Maire de Paris, Anne Hidalgo, appelait à ne pas acheter sur Amazon, car « c'est la mort de nos librairies et de notre vie de quartier ».

Cette bronca à l'endroit du leader du e-commerce peut-elle être de nature à compromettre son hégémonie ? Les mouvements hostiles à l'ouverture de nouveaux entrepôts par Amazon se multiplient. Alors que, répondant aux préconisations de la Convention citoyenne pour le climat, la loi Climat prévoit un sérieux coup de frein aux implantations des surfaces commerciales de plus de 10 000 m^2, ONG et fédérations professionnelles du commerce, soutenues par certains députés, réclament l'extension de cette mesure aux entrepôts du e-commerce. Il semble clair que la capacité de croissance d'Amazon serait freinée s'il ne lui était plus possible d'étendre comme il le prévoit son parc d'entrepôts sur le territoire national. Toutefois, en réaction aux restrictions portées à son activité durant le premier

1. Pascal Demurger, « Amazon n'a pas su comprendre qu'un grand pouvoir implique de grandes responsabilités », *Le Journal du Dimanche*, 28 novembre 2020.

confinement[1], Amazon a montré qu'il était capable de fonctionner presque normalement par le recours aux entrepôts localisés à l'étranger. En outre, il n'est par sûr que les collectivités locales soient prêtes à renoncer aux créations d'emplois directes et indirectes associées à l'implantation d'un entrepôt sur leur territoire.

Si cette montée d'hostilité constitue incontestablement un facteur de fragilisation du leader américain, il n'est pas sûr qu'elle soit, à ce stade, de nature à remettre en cause son attractivité aux yeux des consommateurs. Les enquêtes de l'ObSoCo montrent que les attitudes des consommateurs peuvent être assez différentes de celles des citoyens. D'un côté, 40 % des internautes interrogés en décembre 2020 se disaient très favorables ou plutôt favorables au fait d'interdite à Amazon de vendre des produits considérés comme « non-essentiels » durant les périodes de confinement (une proportion fortement croissante avec l'âge des répondants, et tombant à 28 % parmi les 18-24 ans). De même, ils étaient 47 % à se dire sensibles aux conditions de travail de ses salariés et des livreurs, aux impacts écologiques, et à ses pratiques d'optimisation fiscales. Mais, d'un autre côté, un large consensus s'exprime concernant la compétitivité du site. 71 % des répondants pratiquant l'achat en ligne ont noté au moins 7/10 la qualité des produits, 69 % la qualité et la quantité des informations sur les produits, autant la quantité des avis de consommateurs, 68 % la pertinence de la sélection des produits proposés par rapport à leur profil, 66 % le choix disponible (dont 47 % de 9 et de 10), 66 % la compétitivité des prix. Autant

1. Décision administrative faisant suite aux insuffisances des mesures prises par Amazon pour assurer la sécurité et la prévention de la santé de ses salariés.

de critères déclarés par ailleurs comme très importants pour effectuer des achats en ligne, bien avant ceux relevant de la responsabilité environnementale, sociale ou sociétale du e-commerçant. Sur l'ensemble des critères soumis à l'évaluation des répondants, Amazon obtient une moyenne de 7,4 sur 10, avec 42 % de notes 9 ou 10 et seulement 5 % de notes inférieures à la moyenne. 83 % des internautes interrogés ont été à un moment ou à un autre des clients d'Amazon et, parmi eux, 25 % disent acheter de plus en plus sur le site, contre 17 % de moins en moins. Et seulement moins d'un tiers de ces derniers justifient ce recul de leurs achats par la décision de boycotter cette entreprise. De même, seulement un peu plus d'un tiers des personnes n'ayant jamais acheté sur Amazon l'expliquent par le rejet de l'entreprise. Au total, c'est environ 10 % de la population française que l'on peut associer à une posture de rejet et de boycott. Une proportion qui reste très modeste, qui ne semble pas constituer à ce stade une véritable menace pour Amazon. Il faudra cependant surveiller son évolution, d'autant que les enquêtes qualitatives menées à l'ObSoCo révèlent l'amorce d'un changement culturel qui s'illustre par le ressenti d'une forme de culpabilité de la part d'une partie de la clientèle du site américain[1]. Et alors qu'Amazon reculait depuis plusieurs années dans le palmarès des enseignes préférées de Français (après avoir longtemps siégé en première position), le e-commerçant remonte depuis trois ans pour se hisser à la troisième place en 2021 (derrière Leroy Merlin et Décathlon)[2].

1. Voir aussi, Guillemette Faure, « "Au moins, j'essaie de grouper mes commandes" : ces clients honteux d'acheter chez Amazon », *M Le mag*, 7 mai 2021.

2. « Quelles sont les enseignes préférées des Français en 2021 ? », *LSA*, 5 mai 2021.

En janvier 2021, le chroniqueur du *Monde*, Alexandre Piquard, écrivait : « À l'aube de 2021, le secteur de la technologie vit un moment historique. Jamais autant d'actions n'avaient été lancées pour encadrer la puissance des GAFA au nom de la concurrence[1]. » De fait, la menace la plus sérieuse pour les leaders mondiaux du e-commerce, et plus généralement pour les géants du numérique, vient sans doute des États et des instances de régulation.

De toute part, les États semblent désireux de réduire la capacité hégémonique d'acteurs qui se montrent habiles dans le contournement des régulations, qui bénéficient – et parfois abusent – de positions dominantes, et qui exercent une mainmise sur des secteurs clés de la vie économique et sociale.

Déjà à plusieurs reprises dans le passé, la Commission européenne s'est attaquée aux GAFA et a sanctionné certaines de leurs pratiques manifestement anticoncurrentielles en leur infligeant de lourdes amendes. Une démarche souvent critiquée car n'intervenant qu'*ex post* (une fois le mal fait), au terme d'une longue procédure, et pour se révéler finalement peu dissuasive, les sanctionnés ayant la faculté de payer sans trop de douleur (voire de répercuter le coût sur leur écosystème). La Commission semble désormais décidée à aller plus loin à travers l'élaboration du Digital Services Act (DSA) et du Digital Market Act (DMA), qui doivent encore au moment où j'écris ces lignes être adoptés par le Conseil et le Parlement européens. Le DSA traite des contenus en ligne et ne devrait pas trop concerner les acteurs du e-commerce. Le DMA entend

1. Alexandre Piquard, « Marathon politique et judiciaire antitrust contre les GAFA », *Le Monde*, 8 janvier 2021.

réguler le pouvoir de marché dont disposent les grandes plateformes sur les acteurs composant leur écosystème. La nouveauté qui est introduite ici est qu'il s'agira de se donner les moyens d'agir *ex ante*, avant même d'observer un abus de position dominante, en fixant un ensemble de règles que les plateformes géantes (qualifiées de « plateformes systémiques » ou de *gatekeepers*) devront respecter, notamment la portabilité des données pour les utilisateurs ou l'interopérabilité visant à rendre compatibles les services proposés par des plateformes concurrentes, ce qui notamment devrait favoriser le *multi homing*. Amazon ne devrait plus pouvoir mettre en avant ses propres produits au détriment de ceux des marchands de la *marketplace* ni exploiter leurs données à son avantage. Autres éléments dont la portée pourrait être considérable : les méga-plateformes ne pourront plus profiler un utilisateur en croisant les données recueillies *via* plusieurs services différents. Si les toiles que les GAFA sont en train de tisser autour d'aspects croissants de nos vies continueront de produire des économies d'échelle, elles ne pourront théoriquement plus permettre de consolider, de manière inégalable par leurs concurrents, des données permettant une connaissance multidimensionnelle des consommateurs.

Outre-Atlantique, deux plaintes ont été lancées par le département de la justice et plusieurs États, qui visent les pratiques de Google destinées à conforter son hégémonie dans la recherche en ligne et à mettre en avant ses propres services dans les résultats de recherche au détriment de ceux de ses concurrents (on pense, évidemment, à Google Shopping). Facebook, de son côté, est attaqué pour avoir racheté WhatsApp et Instagram afin d'éliminer des concurrents. De son côté, Joe Biden a donné récemment plusieurs signes d'une ferme volonté de contrer le pouvoir des géants du numérique, notamment avec la nomination de Lina Khan à la tête de l'autorité de la concurrence, une juriste connue pour sa virulence à l'égard des pratiques anti-concurrentielles des GAFA.

Mais la menace la plus radicale pour les GAFA, et le plus souvent évoquée, est celle de leur démantèlement, c'est-à-dire de l'obligation qui leur serait faite de rendre étanches leurs activités les unes par rapport aux autres afin d'éviter les subventions croisées qui favorisent les pratiques prédatrices, voire même de se séparer de certaines de leurs activités. L'économiste Joëlle Tolédano[1] exprime des doutes, partagés par de nombreux observateurs, sur un scénario de démantèlement des GAFA par les autorités américaines, « car ces entreprises constituent une puissance de frappe que les Américains n'oseront pas détruire [...] principalement dans le contexte de conflit commercial et technologique avec la Chine[2] ».

Enfin, la Chine n'est pas en reste, où le gouvernement s'inquiète de l'influence prise par les géants du numérique locaux (les BATX pour Baidu, Alibaba, Tencent et Xiaomi). Les autorités chinoises semblent avoir Alibaba dans le collimateur. En novembre 2020, le gouvernement a mis son véto à l'entrée en Bourse de Ant (la filiale d'Alibaba spécialisée dans les moyens de paiement). Plus tard, on apprend qu'Alibaba est invité à vendre ses actifs dans le domaine des médias. En avril 2021, les régulateurs chinois ont infligé au leader du e-commerce une amende 2,78 milliards de dollars (soit 4 % du chiffre d'affaires de 2019)

1. Joëlle Toledano, *GAFA. Reprenons le pouvoir*, Paris, Odile Jacob, 2020.

2. Entretien avec J. Toledano, « La justice américaine s'attaque au cœur du fonctionnement de Google », *Alternatives économiques*, 21 novembre 2020 (consultable en ligne).

pour abus de position dominante, sanctionnant ainsi l'exigence d'exclusivité réclamée par le géant chinois aux marchands de sa *marketplace*.

DE L'URGENCE DE DÉVELOPPER DES ALTERNATIVES

Imposer des limites à la boulimie des grandes entreprises du numérique, les contraindre à respecter la loi, imposer des limites à leur toute-puissance et, en tant qu'individus, veiller à ce que les bénéfices consommateurs immédiats n'hypothèquent pas nos intérêts à long terme, crée des contrefeux indispensables, dont on suivra avec intérêt l'efficacité. Mais en complément de ces postures défensives, il est plus que jamais nécessaire de penser et de promouvoir des alternatives. Les forces de rendements croissants et l'avance prise par les leaders rend la démarche hasardeuse. J'ai voulu esquisser dans ce livre quelques pistes : réunir ce que la France – ou mieux, l'Europe – compte de meilleur en matière de commerce, de traitement des données, de logistique pour faire masse et tenter de s'imposer sur le terrain très concentré des *marketplaces* généralistes ; exploiter les chemins de traverses, prendre de biais les leaders en se hâtant de multiplier les places de marché spécialisées et les plateformes servicielles locales ; ou bien encore, prendre le contrepied du mouvement de plateformisation, explorer les potentialités des modèles servicielles avant que les leaders du numérique ne s'en emparent. Un engagement résolu et rapide réclame une claire conscience, de la part des acteurs de la consommation, de la grande transformation dans laquelle est engagée l'architecture des marchés. Il y a là également un terrain de jeu pour les politiques publiques, européennes, nationales et locales, pour favoriser les alliances nécessaires, aider les acteurs à acquérir les compétences numériques indispensables, imaginer les soutiens à la nécessaire prise de risques que comporte l'exploration de nouveaux modèles économiques.

La France ne représente qu'un petit marché pour les géants du numérique (moins de 5 % des ventes d'Amazon) que la présence de poids lourds de la distribution mondiale, dans l'alimentaire comme dans le non-alimentaire, rend plus difficile à conquérir. Ce n'est généralement pas en France que les leaders mettent le plus d'énergie, déploient en priorité leurs innovations, comme en atteste le fait qu'Amazon n'y ait encore aucun point de vente physique. Cette situation est une chance pour nos acteurs nationaux, leur facilite l'accès à la contre-offensive, d'autant plus que l'observation des manœuvres des géants sur leurs marchés d'origine ou sur des marchés tiers indique la direction du vent, et vers quels terrains le combat concurrentiel risque de se placer. Mais il leur faudra aussi, avec humilité, apprendre des réussites des leaders : la nécessité d'une vision à long terme, la disposition à prendre le risque de l'expérimentation, la culture de l'agilité organisationnelle, l'acceptation d'une rentabilité différée et le prima accordé aux investissements sur le paiement de dividendes. Et, peut-être avant tout, une claire compréhension du rôle du temps et de la vitesse, dans les arènes concurrentielles fréquentées par les acteurs du numérique.

C'est là que se trouve l'arme fatale. L'histoire économique montre que les acteurs qui ont réussi à dominer durablement un marché ont rarement été délogés par leurs challengers. Ils ont été emportés par une vague de destruction créatrice qui a complètement modifié les règles du jeu.

Une invitation supplémentaire à concentrer son énergie, non pas à courir loin derrière les leaders, mais à anticiper et à se préparer pour la prochaine vague. Cela vaut tant pour les marques et les enseignes que pour les politiques en charge d'éclairer la voie.

Composition : Rosa Beaumont
Achevé d'imprimer
par CPI Firmin-Didot
à Mesnil-sur-l'Estrée, en novembre 2021
Dépôt légal : novembre 2021
Numéro d'imprimeur : 166796

ISBN : 978-2-07-296638-5/Imprimé en France

402045